漆黒の王は
銀の乙女に囚われる

雪村亜輝
AKI YUKIMURA

NB
ノーチェ文庫

登場人物紹介
ロイダー
サンシャン王国の国王。リリーシャの政略結婚の相手。ほとんど面識のなかった彼女を、なぜか激しく憎んでいて——？
リリーシャ
グライフ王国の第一王女。王宮で幸せに過ごしていたが、突然、恋人と引き裂かれ、サンシャン王国に嫁ぐことに。

リムノン
リリーシャの元恋人。
リリーシャを失ったことで絶望し、
心に闇を抱える。
ニーファ
リリーシャの妹。
地味で大人しい性格だが
知略に長け、
国政を裏で牛耳っている。
ベルファー
リムノンの協力者。
グライフ王国の貴族に
恨みがある。
グライフ国王
リリーシャの父。
優しい父の顔と厳しい
君主の顔を併せ持つ。
クーディア
リリーシャの侍女。
常に主《あるじ》のことを
気遣っている。

目次

漆黒の王は銀の乙女に囚われる

第一章　政略結婚

大陸の北側に位置するグライフ王国の春は遅い。

庭園に植えられた花々の蕾《つぼみ》は固く、吹きつける風の音もまだ冬の気配を含んでいる。

王女リリーシャは、風に煽《あお》られて上下する枝を眺めながら、父王の居室に向かっていた。

グライフ王国特有の銀色の髪に、ほっそりとした身体と白い肌。人々から銀の女神と讃《たた》えられるくらい美しい王女は、まだ二十歳になったばかりだった。

(お父様、こんな時間に何のご用かしら？)

既《すで》に日が落ち、周囲は宵闇《よいやみ》に包まれている。

老いて病《やまい》がちな父は、いつもならばもう休んでいるはずだ。突然の呼び出しに不安を感じながらも、リリーシャは長い廊下を急いだ。

庭園が見える場所に差し掛かると、とある花の蕾を見て微笑む。

それはリリーシャにとって特別な花だった。

（きっともう少しで咲くわ）

恋人と交わした約束を思い出し、もう春が訪れたかのように華やいだ気持ちになる。

やがて目的の部屋に辿《たど》り着いたリリーシャは、兵士に扉を開けてもらい、ありがとうと礼を言って中に入った。

「お父様。まだ夜は冷えますから……」

上着を羽織《はお》らず立ち尽くしていた父に注意しようとしたリリーシャは、思わず口を閉ざした。父が険《けわ》しい顔をしているのに気付いたからだ。

いつもの優しく穏やかな父ではない。

そこにいるのは、この国の支配者――グライフ王国の国王だった。

その隣には、二つ年下の妹ニーファがいた。先月十八歳になったばかりの妹は、不安そうな顔で姉を見つめている。

「お父様？」

リリーシャの胸に不安が広がっていく。何か、よくないことがあったのだろうか。

父が娘達に政治的な相談をすることはまったくない。母が生きていた頃は二人で相談し合っていたそうだが、母が亡くなってからはすべて父が一人で決めている。

普段見ることのない、国王の顔をした父を目の前にして、リリーシャはどうしたらいいかわからなかった。ただ促《うなが》されるまま、ニーファと共に椅子に座る。

その向かいに座った父は、余計な会話は交わさず、すぐ本題に入った。

「リリーシャ。お前の結婚が決まった。相手はサンシャン国王だ」

「サンシャン？　どうして……。私はリムノンと……」

一緒に植えた花が咲いたら結婚しようと、約束を交わしていた恋人。その名を口にして、リリーシャは蒼白になった。だが、父は娘の顔を見ようともせず言葉を続ける。

「もう決まったこと。それが王女としての務めだ」

いつもの優しい父親とは異なる冷酷な王の顔で、そう告げた。

（そんな……。どうしてこんなことに）

「お姉様……」

小さく名前を呼ぶ妹の声に答える余裕も、今のリリーシャにはない。蒼白になったまま自室に戻ると、声を押し殺して泣いた。

リリーシャの恋人リムノンの家は大貴族の子息なので、決して身分違いの恋ではなかった。歳も同じ二十歳で、王女の相手として相応《ふさわ》しい男性と言える。

現グライフ国王には、リリーシャとニーファという二人の娘しかいない。この国では女性は王になれないため、王女しかいない場合はその配偶者が王位を継ぐ。だがリムノンは、王座を手にすることを望まなかった。だからリリーシャも彼と共に国を継ぐのではなく、ただの王族として生きようと考えていた。

王位は妹の夫に継いでもらえばいい。その考えを口にしたことはないが、父もきっとわかっていたと思う。リムノンとの交際は国中に知れ渡っていたが、その件に関しても注意を受けたことはない。

だから、許してくれているのだとばかり思っていたのに。

（どうして急に……）

思い出すのは、リムノンと最後に会った日のこと。

リリーシャはいつもと同じく、王宮の奥にある庭園で彼と会っていた。

「リムノン」

冷たい風から守るように、背後から抱き締めてくれた恋人の名前を、リリーシャは呼んだ。リムノンは、その声に答えて優しく微笑む。

リリーシャの美しい銀髪と対《つい》をなす、煌《きら》めく金色の髪。その女性的な顔立ちは端整というよりも、綺麗といった方が相応しい。銀の女神と讃《たた》えられているリリーシャと並んでも、見劣りしないくらい美しい男だ。

「約束よ。春になってこの花が咲いたら、私達は……」

恋人の胸に身体を預けて、リリーシャは囁《ささや》く。

花が咲いたら、結婚しよう。

目の前に咲いているのは、そう約束して一緒に植えた花だった。

「もちろんだ。花が咲いたその日に、陛下にお願いするつもりだ。簡単には許してもらえないかもしれないけど、わかってもらえるまで諦《あきら》めない」

女性のようなたおやかな見た目とは裏腹に、彼の言葉は力強く決意に満ちていた。

「うん。私もよ」

リリーシャは何度も頷いた。

二人は微笑みを交わして、しっかりと抱き合う。

冷たい風が、互いの温もりをより一層大切なものだと感じさせてくれた――

いつかあの花が散り、枯れてしまったとしても、ずっと一緒にいられるように願っていたのに。

その願いが、わずか数日後に叶わなくなってしまうとは思わなかった。

ふと部屋の扉を叩く音がして、リリーシャは我に返る。

「……お姉様」

か細い声は、妹のニーファのものだ。

とても大人しく、自室の外にすらあまり出ようとしない妹が、心配してわざわざ部屋まで来てくれたのだろう。

リリーシャは目に浮かんでいた涙を急いで拭《ぬぐ》い、扉を開けないまま答える。

「ごめんなさい。……少し動揺してしまって。一人で考えたいの」

「……わかりました」

軽い足音と共に、妹の気配が遠ざかっていく。

罪悪感を覚えて、リリーシャは俯《うつむ》いた。けれど、妹はこれからもこの国で暮らせるのだと思うと、羨《うらや》ましくなってしまう。

（ニーファは何も悪くないのに……）

俯いたリリーシャの頬に涙が伝った。

隣国のサンシャン王国は古くからの同盟国だが、国力は向こうの方が遙《はる》かに上だ。今回の結婚話をグライフ側から断れるものではないと、リリーシャもわかっている。

だからこそ、涙は容易には止まりそうになかった。

（……サンシャン王国。あの国の王は、確かロイダー様）

彼とは数年前に一度、顔を合わせたことがある。

リリーシャよりも四歳年上だが、その若さにもかかわらず、かなり有能だと聞いている。

対面するまでは、噂を聞いて侍女達と胸をときめかせていたが、実際の彼はあまりにも隙《すき》がなく、完璧な王だった。

グライフ国王である父は優しい父親の一面も持っているが、ロイダーはどんな時でもサンシャン国王であるように思えた。

サンシャン王国は資源が豊かで、この大陸にある国の中で最も経済的に潤《うるお》っている。

今回の婚姻には、政治的な理由があるのだろう。

父がサンシャン国王とどんな約束を交わしたのかは知らない。だが、大切にしていた娘を恋人と引き裂いて、無理矢理嫁がせるくらいだ。

きっと何か大きな契約が交わされたに違いない。


結婚式当日になっても、リリーシャの心はまだ遠い祖国に在《あ》った。

(リムノン。あなたに会いたい……)

結婚の話を告げられてからこの国に来るまで数日しかなく、リムノンとは別れの言葉すら交わせていない。

身を裂かれるような悲しみが胸に込み上げてきて、リリーシャの視界がじわりと滲《にじ》む。

白い絹の手袋に涙がポタリと落ちた。

突然引き裂かれてしまった恋人を、忘れられる日など来るのだろうか。

リリーシャは、繊細《せんさい》な模様が彫り込まれた椅子に腰を下ろしている。白い婚礼衣装に包まれた身体は、細かく震えていた。

緋色《ひいろ》の絨毯《じゅうたん》が敷き詰められた部屋は季節の花で彩《いろど》られ、大きな窓から差し込む陽光が銀の髪を煌《きら》めかせていた。

晴れ渡った空には雲一つなく、祝福の鐘が高らかに響き渡っている。

けれど、リリーシャの瑠璃色《るりいろ》の瞳は涙に濡れ、深い絶望が宿っていた。

絹の手袋を嵌《は》めた両手で耳を塞《ふさ》ぎ、首を横に振って鐘の音を拒絶する。銀糸のような髪が華奢《きゃしゃ》な肩を滑って、背中に流れ落ちた。

「リムノン……」

朱《あか》い紅《べに》が塗られた唇で彼の名前を呼ぶ。けれどどんなに呼んでも、その声が届くことはない。

リリーシャが涙を拭《ぬぐ》った時、硬い靴音が響いてきた。

靴音の主が目指しているのはこの部屋だと悟り、リリーシャは反射的に身を硬くする。

（誰？）

やがて扉の前でその音が止まった。

花嫁の控え室に無言で入ってきたのは、夫となるサンシャン国王ロイダーだった。彼は国務で忙しかったらしく、この国に来てから会うのはこれが初めてだ。

（……この人が）

リリーシャは目の前に立つロイダーを見上げる。記憶していたよりも、ずっと背が高い。長い漆黒《しっこく》の髪に、薄い青色の瞳。温暖なサンシャン王国の人間であるにもかかわらず、まるでグライフ王国の人間のように色が白いが、軟弱な印象は微塵《みじん》も与えない。それどころか堂々とした立ち振る舞いで、若さに似合わぬ威厳を感じさせる。

けれど威厳がありすぎて、リリーシャは怯《おび》えた。

（怖い……）

リリーシャは両手を固く握り締めて視線を逸《そ》らす。

「準備は整ったようだな」

ロイダーはリリーシャの怯えた様子を気に留めることもなく、氷を思わせる冷たい瞳で彼女の全身を眺めた。

若い女性ならばきっと誰もが憧れるであろう、端整な顔立ち。だが、その瞳が湛《たた》えている暗い光が、リリーシャの心を掻き乱す。

（どうして、こんなに悲しそうな瞳を……）

まるでこの世のすべてに絶望しているかのようだ。

若くして大国の王であり、容姿にも才能にも恵まれているはずの彼が、どうしてこんな瞳をしているのだろう。

リリーシャは魅入《みい》られてしまったかのごとくロイダーを見つめていた。

「これからお前はサンシャンの王族となる。早く祖国を忘れ、一刻も早くこの国に馴染《なじ》むように」

リリーシャの頬を伝う涙を見ても顔色一つ変えず、ロイダーは事務的に告げた。

この婚姻の裏には恐らく国同士の取り決めがあり、些細《ささい》な出来事でも大きな問題に発展する可能性がある。リリーシャもそれはよくわかっていた。

けれど、あまりにも冷たい口調に思わず逆らいたくなり、髪飾りに使われている花の花弁が散るほど、激しく首を横に振る。

すると、ロイダーは目を細めた。永久凍土のごとく凍っていた瞳に、不意に熱い炎が灯る。

「こうなるように仕向けたのは、グライフ側だろう。今更何を」

この時、リリーシャの胸を満たしていたのは深い悲しみだけだった。だからロイダーの言葉など聞きたくなかったし、その意味を理解しようともしなかった。だが、もしここで感情的にならず言葉の意味を尋ねていれば、この後に起きる悲劇を防げたのかもしれない。

そしてロイダーの方にもまた心に秘めた傷があり、そのせいで彼らしからぬ行動に出てしまっていることにも、リリーシャは気付かなかった。

ロイダーが手を伸ばしてリリーシャの白い肩に触れると、彼女の瑠璃色《るりいろ》の瞳から涙が溢《あふ》れた。その雫《しずく》は白い頬を伝ってゆっくりと流れ落ちる。

紅《べに》の塗られた唇が、ロイダーを誘うかのごとく震えてしまう。

「どういうつもりか知らないが、今更そんな顔をしても無駄だ」

彼はリリーシャの白い顎《あご》に手を掛けて上向かせ、その唇を奪った。

「やあっ……。だめ！」

リリーシャは抗議の声を上げる。

その行為はこの世でただ一人、リムノンにだけ許していた。

しかも彼と交わしていたのは、唇を重ねるだけの優しいキス。それとは違い、荒々しく舌が唇をなぞっていく。

「んんっ……。離し……」

顔を逸《そ》らそうとしても顎をしっかりと捕らえられ、身じろぎすらできなかった。

やがて唇がほんの少し離れた瞬間、リリーシャは新鮮な酸素を求めて無意識に口を開く。そこにすかさず彼の舌が入り込み、口内を蹂躙《じゅうりん》された。押し返そうとする舌を絡め取られて嬲《なぶ》られる。くちゅりという音が耳に入り、リリーシャは羞恥《しゅうち》のあまり固く目を閉じた。

こんなに激しい口付けは生まれて初めてだった。

思う存分リリーシャの唇を堪能したロイダーが、ようやく唇を離した。リリーシャは立っていることができず、逃げるようにして彼に背を向け、窓枠にしがみついた。

頬は赤らみ、荒い呼吸を繰り返す。

「……どうして、こんな」

結婚するということは、この身体を彼の好きにされるということ。それがわかっていても、受け入れることができないリリーシャは、目に涙を湛《たた》えて弱々しく抗議する。

けれど、それがロイダーの征服欲を更に高めてしまったのかもしれない。彼はリリーシャに背後から近付く。

「恋人がいたのだろう？　他の男に染まったままの身体で、この国の王妃になることは許さない」

その声と同じくらい冷えた指が、リリーシャの胸元に伸び、ゆっくりと這《は》い回った。

「くぅ……。そこは嫌……」

そこはまだ、誰にも触れられたことのない場所だ。

だがリリーシャが必死に首を横に振っても、王の指が離れることはなかった。

なだらかな胸の形を確かめるように、そっとなぞっていく指。びくびくと反応するリリーシャを嘲笑《あざわら》い、背後から声が掛けられる。

「こんなこと、もう慣れきっているだろう」

酷《ひど》い言葉だった。リムノンとは、まだキスまでしかしていないというのに。

「そんな……リムノンと私は……」

涙声で否定したけれど、ロイダーはリリーシャの無垢《むく》な身体を我が物顔で蹂躙《じゅうりん》しようとしている。

たとえこれから夫となる男でも、今はまだ婚姻前だ。リリーシャは抗議しようと口を開くが、恐ろしさから声も出せず、ただ小鳥のように震えてしまう。逃れたくても身体は恐怖のあまり強張《こわば》り、身を捩《よじ》ることもできない。

涙が更に溢《あふ》れ、リリーシャの頬を流れ落ちた。

けれど、そんなことなど眼中にない様子で、ロイダーの指は次第に大胆に動き始めた。

その指が衣服の上から柔肉に喰い込む。

「痛っ……。痛い、やめて！」

容赦ない力で胸を掴まれ、リリーシャは悲鳴を上げる。だが、その悲痛な声も、彼の動きを止めることはできなかった。

自在に蠢《うごめ》く指は胸の柔らかさを堪能しながら、その頂《いただき》を刺激する。

「いやぁ……」

リリーシャの背筋に痛みのような、もどかしさのような、不思議な感覚が走る。

確かに不快なはずなのに、その中にわずかな喜悦《きえつ》が隠れていた。それを呼び覚ますかのごとく、指は次第に激しさを増していく。

何度も何度も刺激されるうちに、胸の頂が硬くなっていく。リリーシャは、自分の身体に裏切られた気持ちになった。

「んっ！　そこは、だめ……」

尖《とが》り始めた先端を指で摘《つ》まれると、背筋がぞわりとして思わず声を上げてしまう。

「感じたか？」

ロイダーは嘲笑を浮かべ、胸の先端を指で執拗《しつよう》に刺激する。敏感な部分に加えられる、痛みにも似た快感に翻弄《ほんろう》されながら、リリーシャは不思議に思った。

ロイダーと言葉を交わしたことは、一度もない。それなのに、彼はリリーシャを憎んでいるかのようだ。

「どうし……。んんっ！」

その疑問を口にしようとする度に、硬くなった胸の先端を指で強く摘《つ》まれ、身体がびくりと震える。白皙《はくせき》の肌が次第に赤味を帯《お》び、リリーシャは息を大きく乱していた。

ほんのわずかな指の動きで、身体と思考をすべて支配されてしまう。自分でもよくわからない何かを呼び覚まされてしまいそうで、とても恐ろしかった。

熱くなるにつれ、恐怖で強張《こわば》っていた身体が動くようになる。けれど何度身を捩《よじ》っても、力強い腕で封じ込まれてしまう。

「ここが好きなのか？」

「そんなことない……。いやああっ！」

両方の蕾《つぼみ》を強く摘まれて、身体がびくりと跳ね上がる。

「嫌という割には、感じているようだが」

「い、痛いの……。やめて……」

婚礼衣装の上からとはいえ、蕾を強く転がされると鋭い痛みが走る。

けれど、その痛みの中には魔物が潜《ひそ》んでいた。

リリーシャを快楽の海に沈めてしまうべく、虎視眈々《こしたんたん》と狙っている魔物が。

「くぅ……。んんん……」

どれくらい、胸を嬲《なぶ》られていただろう。

ロイダーはリリーシャの銀色の髪を掻き上げると、その首筋に唇で触れた。

「ああっ、い、いやぁっ！」

白い首筋を舌が這《は》い回り、敏感になってしまった身体を更に追い詰めようとしている。

次いで耳を舐められ、くちゅくちゅという音が間近で聞こえた。リリーシャはその生々しさに嫌悪感を覚えながらも、背筋がぞくぞくするのを感じていた。

耳の下を強く吸われて、びりっとした痛みが走る。きっと新雪に足跡をつけるように、白い肌に赤い痕《あと》が刻まれていることだろう。

華奢《きゃしゃ》な身体を腕の中に閉じ込め、豊かな膨《ふく》らみを両手で堪能していたロイダーが、ふと窓の外に目を向けた。

「……婚礼の儀式まで時間がないな」

両方の胸を掴んでいた手が離れたので、リリーシャはほっと息をついた。そして、彼から素早く距離を取る。

背中に寒さを感じたけれど、彼の体温を求めているわけではないと、首を横に振る。

胸にはロイダーの指の感触が生々しく残っていた。その感触から逃れたくて、震える手で自分の両肩を抱く。

愛《いと》しい恋人の姿が頭に浮かんで、また涙が零《こぼ》れ落ちた。

いずれこうなることは、わかっていたはずなのに。

だが、悪夢のような出来事は、ここで終わりではなかった。

近付いてくる足音が、リリーシャの意識を現実に引き戻す。

そちらを見れば、ロイダーが冷たい瞳でリリーシャを見下ろしていた。

「これで終わりだと思ったのか？」

「え？」

不意に伸びてきた腕に捕らわれる。

腰を強く引き寄せられ、バランスを崩したリリーシャは、思わずロイダーに抱き付いてしまった。

「あっ……」

折れてしまいそうなほど細いリリーシャの身体が、突然の抱擁《ほうよう》に震える。胸を散々愛《あい》撫《ぶ》されたせいか、腰を抱かれただけでびくりと反応してしまった。

身体の奥底が熱い。

「これ以上、何を……」

彼はリリーシャを、更に辱《はずかし》めようとしているのだろうか。

リリーシャは抗議の声を上げたけれど、ロイダーの行為は止まらない。

「んっ……」

再び唇を奪われ、舌を絡め取られる。唇の端から零れ落ちた唾液が、リリーシャの顎《あご》を伝い落ちていく。

「や、やだぁ……、やめてぇ！」

止まっていた涙が再び溢《あふ》れる。だがロイダーはそんな彼女に追い打ちを掛けるかのごとく、絹のスカートを無遠慮にたくし上げた。

「あああっ」

リリーシャの白い素足が晒《さら》される。

こんな姿は、今まで誰にも見せたことがない。羞恥《しゅうち》のあまり、白皙《はくせき》の頬が薄紅色《うすべにいろ》に染まる。

それは白い石でできた女神像のような彼女に、生《なま》の美しさが宿った瞬間だった。

その様子を見て、ロイダーは目を細める。

「乱暴にされたくなければ、逆らうな」

彼はカーテンを結んでいた飾り紐を引き千切り、長くて重いスカートをリリーシャの腰の辺りで縛る。そして、彼女の細腰をぐいっと引き寄せた。

その衝撃で上体が前に倒れ、リリーシャは咄嗟《とっさ》にカーテンにしがみつく。

結果、下半身を露出したまま、ロイダーに腰を突き出したような格好になってしまう。

それは、あまりにも屈辱的《くつじょくてき》な姿だった。

「そんな……。ひどい、やめて……」

今まで誰にも見せたことのなかった部分を、彼に見られている。卑猥《ひわい》な格好を強制されていると思うと、リリーシャは涙声になった。

だが、ロイダーがその声に耳を傾けることはない。彼はリリーシャの細い足をそっと撫で上げた。

「やああっ！」

胸を愛撫《あいぶ》されていた時よりも更に強い感覚が、身体中を駆け巡った。身を捩《よじ》って逃れようとしたけれど、腰を掴まれているので身動きがとれない。

膝裏の辺りを撫でていた掌《てのひら》が、ゆっくりと上に向かっていく。そして太腿《ふともも》に触れられた時、リリーシャは思わず声を上げていた。

「あっ……。そこは……」

その声に含まれていたわずかな甘さが、ロイダーの行為以上にリリーシャの心を打ちのめした。

こんなにも強引に愛撫され、しかも恋人ではない男性に触れられているのに、甘い声を上げてしまったのだ。

そんなリリーシャの絶望を感じ取ったのか、ロイダーは何度も太腿を撫で回し、更に声を上げさせようとした。

「や、やだぁ！　やめて！」

「嫌ではないのだろう？」

乾いた指が、皮膚の表面を優しく撫でる。

「んんっ……。ああ……。いやぁ……」

それと同時に太腿を撫でているのとは反対側の手が、再び胸を弄《もてあそ》び始めた。

リリーシャの婚礼衣装は、肩が大きく露出している。そこから侵入した手は、柔らかな胸の上を這《は》い回り、硬く尖《とが》った蕾《つぼみ》を摘《つ》まんで転がす。

「いやああっ。やめてぇえ！」

直《じか》に与えられる刺激は、服の上からのものとは比べものにならなかった。

先端を指で突《つつ》かれ、指の間に挟んで転がされ、刺激が直接頭に響く。リリーシャは、苦痛とも快楽ともつかない感覚に翻弄《ほんろう》された。

やがてロイダーの手は反対側の胸に向かい、尖《とが》った蕾《つぼみ》を摘《つ》まんで強く引っ張り上げる。

「痛っ！　そこ、いやぁ……」

リリーシャが痛みに身を捩《よじ》ったのと同時に、太腿《ふともも》の表側を這《は》い回るだけだった掌《てのひら》が内腿《うちもも》に触れた。

「んんっ」

少し触れられただけなのに、そこから甘い痺《しび》れが広がる。それは乱暴な愛撫《あいぶ》による胸への痛みも快楽に変えてしまった。

「いや、もう、触らない、で……」

リリーシャの涙声に、少しずつ甘い色が混じり始めていた。

「身体の方は、もう抵抗していないぞ？」

冷笑と共に投げ掛けられた言葉が、リリーシャの胸に突き刺さる。

嫌なのに、触れられたくないのに、官能を呼び起こされてしまった身体は、もう彼の愛撫を拒絶できなくなっていた。

硬く尖った胸の蕾に触れながら、もう一方の手で内腿を撫で回される。

「いや……、嫌なの……。やめて……」

いくら首を横に振っても、やめてもらえるとは思っていない。それでも振らないと、彼の行為を許容していることになってしまう。身体がどんなに心を裏切っても、抵抗だけはやめたくなかった。

リリーシャが涙を流しながら抵抗し続けていると、不意にロイダーの手が止まった。片手を足の付け根に近い場所に置き、もう一方の手で胸の蕾を摘まんだまま、何事かを思案するように遠くを見ている。

やめるのならば、早く手を離してほしい。快楽によって高められた身体は、敏感な部分に宛てがわれている手の温かさだけで充分に感じてしまうのだ。

リリーシャが身を捩ると、太腿に置かれていたロイダーの手が一番敏感な部分に触れた。そこから強い衝撃が走り、リリーシャは背を反らして叫ぶ。

「あああっ！」

痛みとも快楽ともつかない不思議な感覚が、身体の奥深くから湧き出てくる。

それが欲望による疼《うず》きだと悟った瞬間、リリーシャの瑠璃《るり》色《いろ》の瞳から涙が溢《あふ》れた。

（もう、私は……）

このまま快楽の海に沈められてしまうのかもしれない。

「あまりにも嫌がるならば、やめてやろうと思っていたが」

そんなことは微塵《みじん》も思っていないくせに、ロイダーは優しげな口調でリリーシャに語りかける。

「自分から押し付けてくるくらいだから、まだまだ物足りないのだろう。今、望みのものを与えてやる」

「ちが……！　そ、そんなこと……」

偶然触れてしまっただけだ。そう言いたかったのに、止まっていた愛撫《あいぶ》が再開された。

「いやっ。やめてぇ……！」

ドレスの胸元を引き下ろされ、双丘《そうきゅう》がまろび出る。

ロイダーは片手で胸を強めに揉《も》みながら、リリーシャの首筋に唇を這《は》わせた。ぞくぞくとする感覚が背中を這い上がってきて、リリーシャはカーテンを強く握り締める。

そしてロイダーのもう片方の手が、リリーシャの秘められた部分にそっと触れた。

「ああぁっ。そこはぁ……」

びくり、と身体が跳ね上がった。

薄い布越しに、ゆっくりとなぞられる。もどかしいような切ないような不思議な気持ちが、身体の奥から湧き上がってきた。

「……濡れているな」

その声と同時に、くちゅくちゅという水音が聞こえてきて、リリーシャを絶望へ突き落とす。

「そんなこと……」

思わず反論した声も、甘い色を帯《お》びていた。

ただなぞられているだけなのに、耐え難《がた》い快楽がそこから生み出される。これ以上触れられたらどうなってしまうのか、考えただけで恐ろしい。

「……痛っ！」

突然指を挿入され、背筋を震わせるリリーシャ。その背後で、ロイダーが笑いながら言う。

「狭いな。恋人とは、そんなにしていなかったのか？」

「そもそも彼とはしてな……。あああっ！」

婚姻前に、性交渉などするはずがない。そう言おうとしたが、布越しに秘唇を嬲《なぶ》る指のせいで言えなくなってしまう。

「やめ……お願いですから、もう……許して……」

恐怖のあまり、リリーシャは思わず懇願《こんがん》していた。

それなのに――

「いやあああっ！」

下着の上から秘唇をなぞっていた指が、再び中に入り込んできた。

少し濡れてはいたけれど、男を知らない秘唇は固く閉じられている。それを強引に割るようにして、指が中に潜《もぐ》り込んでくる。

それは、今までの快楽がすべて吹き飛んでしまうほどの衝撃だった。

まだ何も受け入れたことのない無垢《むく》な秘唇を割る指は、痛みと嫌悪感だけをもたらす。

「……許さない」

ロイダーが小さく呟《つぶや》いた言葉も耳に入らず、リリーシャは泣きながら耐えていた。その腰を逃げないように押さえ付け、ロイダーは浅い部分を指でじっくりと掻き回す。

「……んっ。はぁ、あああっ！」

決して深く突き入れたりはせず、ただ入り口を掻き回すだけだった。激しい痛みに動揺していたリリーシャは、徐々に落ち着きを取り戻す。

だが一度高められた身体は、快楽をも容易に取り戻した。

「はぁ、はぁ……。んっ……」

くちゅくちゅという水音が次第に大きくなり、蜜が溢《あふ》れ出しているのがわかる。

固く閉じられていた唇は次第に綻《ほころ》び、甘い吐息を漏らしていた。

それを悟ったのか、ロイダーが指をもう少し奥まで突き入れてきた。

圧迫感に、リリーシャは息を呑む。けれど存分に解《ほぐ》されていた秘部は、もう痛みを訴えることもなかった。

ゆっくりと突き進む指はやがて付け根まで差し込まれ、内部を探るように動き回る。

「やっ……。うごか、ないで……」

身体の奥深くを蹂躙《じゅうりん》される、恐怖と嫌悪感。それに相反する、快楽と甘い疼《うず》き。翻弄《ほんろう》され続けた心と身体は、快楽の方へと傾き始めている。

「くううっ！」

充分に解《ほぐ》れたと思ったのか、ロイダーは指をもう一本潜り込ませた。リリーシャが思わず背を反らすと、腰を掴まれ、指を奥まで突き入れられる。

「ああっ……」

ずぽりと差し込まれた指が、内側で折り曲げられて、周辺の襞《ひだ》を探る。溢れた蜜が太《ふと》腿《もも》を流れ落ちていくのを感じた。

（どうして、こんなに……）

奥をまさぐられる度に、耐えきれないくらいの熱が生まれる。

すると腰を掴んでいた手が前へ回り、下腹部を撫で回した。

「んんっ！」

もうどこを触られても、身体は快楽を感じてしまう。

やがて彼の手はゆっくりと下へ移動し、花芯を探り当てた。

「あああっ」

その部分に加えられる刺激は、快楽と感じるにはあまりにも強すぎた。まるで脳を直接刺激されているかのようだ。

「そこは、いやぁ……。やめて……」

秘芯を指の腹で転がされ、リリーシャの腰が跳ね上がる。

強すぎる快楽は、抵抗を続けていた心を激流のごとく押し流してしまう。溢《あふ》れる蜜を指に絡めながら、何度もそこを刺激されて、身体の力が抜けていった。

もはや身を捩《よじ》ることもできず、リリーシャはただ悲鳴を上げ続ける。

ゆっくりと円を描くように秘芯を愛撫《あいぶ》する指とは逆に、秘唇に差し込まれている方の指は次第に性急さを増す。その動きに合わせてびくびくと揺れる細い身体を、しがみついたカーテンだけが支えてくれていた。

政略結婚なのだから、意に沿わぬ行為も受け入れなければならないと、覚悟はしていた。けれど、婚礼前にこのような場所で、しかも婚礼衣装を着たまま嬲《なぶ》られるとは――

暗い絶望の闇がリリーシャの胸を覆《おお》い尽くす。

膣内《ちつない》で蠢《うごめ》く指は止まらない。二本の指を擦《こす》り合わせるように動かされ、息ができなくなる。

「もう、やめ……」

消え入りそうな声で懇願《こんがん》したが、花芯を指で強く突かれた。背筋を駆け抜ける快感が、リリーシャの心を掻き乱す。

「おねがい、だから。もう……」

その懇願に答えたのは、冷笑だった。

理由はわからないが、やはりロイダーはリリーシャを憎んでいるのだ。

絶望に支配された心と裏腹に、身体は次第に高揚していく。甘い声が漏れそうになり、リリーシャは咄嗟《とっさ》に片手で口を覆った。

その途端、激しくなる愛撫。

「んんんっ！」

急に襲ってきた快感があまりにも激しく、リリーシャはその場に崩れ落ちそうになる。

けれどロイダーはそれを許さず、腰を引き寄せて強引に立たせた。

膣内を蹂躙《じゅうりん》していた指が、ゆっくりと引き抜かれる。荒い息を整える暇もなく、今度はその部分に熱いものが宛てがわれた。

「あっ……」
それが何かということは、リリーシャにもわかった。
婚姻前に、しかも婚礼衣装を着たまま、彼はリリーシャを犯そうとしているのだ。
必死に身を捩《よじ》っても、腰をしっかりと掴まれているので逃げられない。
「いやっ……。やめてっ！」
どんなに泣き叫んでも、首を横に振っても、ロイダーを止めることはできなかった。
ここは故郷のグライフ王国ではなく、リリーシャも大切に守られている王女ではない。
誰もリリーシャを助けてはくれないのだ。
秘唇に宛てがわれていたものが、蜜に濡れた秘唇を割ってゆっくりと入り込んでくる。
ぐちゅりという音と同時に、身を引き裂かれるような激痛が走った。
少し前までは快感に震えていたはずの身体が痛みに震え、冷たい汗が背中を伝う。
「くううっ……！」
悲鳴すら上げることができず、リリーシャはただ痛みに耐えていた。
指とは比べものにならない圧迫感に、呼吸さえもままならない。
（……どうして、こんなことに）
恋人のリムノン、非情な命令をした父、そして祖国に残してきた妹のニーファ。様々

な顔が頭に浮かんでは、すぐに消えていく。

背後のロイダーが驚いたように息を呑むのがわかった。

「……初めてなのか？」

リリーシャはもう恋人に抱かれているものと思っていたのだろう。もし事実を知っていたならば、こんなに強引に抱くことはしなかったのかもしれない。

けれど灼熱《しゃくねつ》の楔《くさび》は、既《すで》にリリーシャの純潔を奪ってしまった。

答えの代わりに、赤い血が太腿《ふともも》を伝っていく。

少し戸惑っている様子だったロイダーは、やがて暗い声で呟《つぶや》いた。

「……そうか。ならばお前にもわかっただろう。彼女がどれほど苦しんだのかが」

（彼女って……、誰のこと？）

ロイダーが何を言っているのか、リリーシャには理解できなかった。

けれど深く考えるよりも先に、首に回された手が彼女の身体を引き寄せる。結合がより深くなり、リリーシャの喉から悲鳴が上がった。

ロイダーは、すぐに動こうとはしなかった。

充分に濡れていた秘唇は、最初の衝撃さえ乗り越えてしまえば、そう痛みを訴えることもない。だが膣内《ちつない》にある異物の存在が、乱暴に突かれるよりもずっと強く感じられる。

自分の中にいる男の存在をはっきりと感じさせられ、リリーシャの胸に絶望が広がっていく。

決して涸《か》れることのない涙が、頬を伝って滑り落ちた。

どのくらいそのまま繋がっていただろう。

やがてロイダーはリリーシャの身体を左手一本で支え、自由になった右手で下腹部を撫で回した。散々弄《もてあそ》ばれて敏感になった花芯を、また指で転がす。

「あっ……、いやっ！」

びくりと身体を震わせた瞬間、ロイダーのものを強く締め付けてしまい、その感触が更にリリーシャを苛《さいな》む。

そしてロイダーは、ゆっくりと楔を動かし始めた。

そこに彼女の純潔を奪った時の乱暴さはなく、少しずつ馴染《なじ》ませるような動きだった。

彼の腰が動く度に、ぐちゅりと蜜が溢《あふ》れる。滴《したた》る蜜は太腿まで伝っていた。

「んっ」

痛みは徐々に消えていき、身体の奥深くに他人の熱を感じる。その熱が乗り移ったかのように、次第にリリーシャの体温も上がっていった。

「ああっ。はぁ……はぁ……」

息が弾み、汗が滲《にじ》んでくる。身に纏《まと》った純白のドレスが、しっとりと湿り気を帯《お》びていく。

腰を打ちつける速さが増していき、水音も段々と大きくなる。そしてリリーシャの口から嬌声《きょうせい》が上がった。

もう自分が何をされているのか、どんな格好をしているのかもわからない。ただ身体の中で激しく動く楔《くさび》と、そこから生み出される快楽に支配されていた。

リリーシャを抱くロイダーの身体も、次第に熱くなっていく。

「くぅ……」

唇を噛みしめて、リリーシャは快感に耐える。

ロイダーの動きがますます速くなり、その動きに翻弄《ほんろう》されて、リリーシャの華奢《きゃしゃ》な身体は激しく揺れた。

花芯を強く摘《つ》まれた瞬間、リリーシャはついに絶頂に追いやられ、身体を痙攣《けいれん》させる。

それと同時にロイダーの楔をきつく締め付けてしまい、身体の奥で熱いものが迸《ほとばし》るのを感じた。

「あああっ……」

ぐったりと弛緩《しかん》した身体は、その場に崩れ落ちそうになる。

床に膝をつき、肩で大きく息を吐くリリーシャに、ロイダーは告げた。

「王妃としての役目を果たせ。それしかもう、お前の生きる道はない」

緋色《ひいろ》の絨毯《じゅうたん》に、白濁《はくだく》の染みが広がっていく。

自身の欲望をリリーシャの最奥に放ったロイダーは、ようやく彼女の身体を離した。

床に倒れ込んだ彼女の姿は、打ち捨てられた人形のようだった。

だが、ロイダーはリリーシャに休むことすら許さず、そのまま婚礼の儀式に連れ出した。身体の奥に鈍《にぶ》い痛みを覚えながらも、リリーシャは彼の指示に従う。

白いレースでできた豪奢《ごうしゃ》なベールが、暗い表情を隠してくれる。

大勢の人間が見守っている気配がしたけれど、俯《うつむ》いて歩くリリーシャには、足下に敷かれた緋色の絨毯しか見えなかった。

意識が朦朧《もうろう》とする中、言われるまま誓約書にサインをする。

祝福の声が次々と沸《わ》き起こり、リリーシャはそこで初めて顔を上げた。

隣に立つロイダーは、結婚式を終えたばかりとは思えないほど厳しい顔をしていた。

「これでもう……」

彼が小さく呟《つぶや》く。

「え？」

その声が絶望に染まっていた気がして、リリーシャは思わず聞き返す。

するとロイダーは我に返ったように彼女に背を向け、歩き始めた。

ただ一人残されたリリーシャは、その背を見えなくなるまで見つめていた。


控え室に戻ったリリーシャは、ようやく息をつく。

窓の外を見れば、既《すで》に日が落ちていた。

豪華な衣装を脱ぎ、その下に着ていた薄いドレス一枚の姿になったところで、侍女達に声を掛ける。

「……ここからは自分で着替えますから、呼ぶまで入らないでください。一人になりたいのです」

陵辱《りょうじょく》の跡が残る身体を、他人の目に晒《さら》したくなかった。

ドレスの裾をそっと捲《まく》り上げると、白い太腿《ふともも》には欲望が滴《したた》り落ちた跡が、くっきりと残されていた。そこに混じる紅《あか》い色は、純潔を奪われた証《あかし》。

リリーシャは乾いた布を水で湿らせ、欲望の跡をゆっくりと拭《ぬぐ》う。婚礼衣装を着たまま背後から貫《つらぬ》かれたことを思い出して、目に涙が滲《にじ》んだ。

身体を震わせて、その場に泣き崩れる。

どうして自分がこんな目に遭《あ》わなくてはならないのか。

冷えた心はいつか凍りつき、何も感じなくなるに違いない。けれど、その日が来るまで、どのくらいかかるのだろう。

リリーシャは胸元から華奢《きゃしゃ》な金の鎖を引っ張り出した。その先には、薔薇《ばら》を象《かたど》った宝石がぶら下がっている。それを両手で包み込むように握り締め、目を閉じた。

本来ならば、この国に私物を持ち込むことは許されない。祖国のすべてを捨てて、この国の人間になることを求められるからだ。

けれど、これは母の形見だと言い張り、どうにか持ち込むことに成功した。実際には母の形見ではなく、失われた愛のたった一つの形見――リムノンからの贈り物だった。

幸せだった日々を思うと、涙が溢《あふ》れる。

「リリーシャ様」

扉の向こうから突然話しかけられ、リリーシャは慌てて宝石を服の下に隠した。

「……何でしょう」

涙を拭い、できるだけ平静を装《よそお》って答える。すると侍女は扉を開けることなく、その場で用件を口にした。

「陛下がお呼びです」

「……」

結婚式の夜だ。行けば何をされるか、考えるまでもなくわかっている。絶対に行くものかと、リリーシャは唇を噛み締めた。

「申し訳ありませんが、気分が悪いのです。今夜は自室で休ませてほしいと伝えてください」

侍女の戸惑いが扉越しに伝わってくる。リリーシャが王の言葉に逆らうとは思わなかったのだろう。けれどリリーシャはそれ以上何も言わず、着替えを続ける。

やがて諦《あきら》めたのか、侍女の気配が遠ざかっていった。

この王宮から逃れる術《すべ》はなく、逃れたとしても、祖国にはもう戻れない。それでも、せめて今だけは一人になりたかった。


白い光が部屋を満たしている。

重厚なカーテンでも遮《さえぎ》ることができないほど強い陽光に照らされて、リリーシャは目を覚ました。

（……来なかった）

いくら感情的になっていたとはいえ、国王の呼び出しを拒絶したのだ。きっと怒ったロイダーが部屋を訪れると思っていたのに、彼は来なかった。

安堵しながら部屋の中を見回すと、白で統一された調度品が目に入る。どれも細かな彫刻が施《ほどこ》された高級品ばかりだ。

昨日はじっくり見る余裕もなかったけれど、この部屋は広くてとても美しい。

大きな窓の傍《そば》には鉢植えの花が並んでいて、小さく可憐《かれん》な花を咲かせていた。自然で柔らかな匂いに心が和《なご》む。

寝台から足を下ろすと、絨毯《じゅうたん》のあまりの柔らかさに、思わず溜息《ためいき》が出た。

(何て豊かな国なのかしら……)

感心していたリリーシャは、部屋の入り口に呼び鈴がついていることに気付いて、それを鳴らしてみた。

りん、と澄んだ音が響き渡る。それは決して大きな音ではなく、優しく穏やかな音だった。すぐに人の気配が近付いてくる。

扉を叩く音がしたので入室を許可すると、背の高い娘が入ってきた。彼女はリリーシャの前で丁寧にお辞儀する。

「私はクーディアと申します。王妃様の侍女に任命されました。何なりとお申し付けくださいませ」

リリーシャと同じ年頃の若い娘だが、長い黒髪はきっちりと纏《まと》められ、身だしなみもきちんとしている。その利発そうな様子に好感を抱き、リリーシャは微笑んだ。

「こちらこそよろしくね。ところで、お湯を使いたいのだけれど……」

「はい、準備は整っております」

クーディアに案内されて、隣の部屋に移動する。

そこは衣装部屋だった。大きな鏡の両側に衣装棚が設置されていて、化粧をするための小部屋までついている。浴室はその奥にあるようだ。

赤い痕《あと》の残る肌を見られたくなくて、リリーシャは一人で入ると告げた。

「お召し替えの際は、お手伝いさせていただきます。呼び鈴でお知らせください」

深々とお辞儀をして、クーディアは部屋を出て行った。

「……本当に、綺麗なお部屋」

好奇心に駆られたリリーシャが衣装棚を開くと、色とりどりの美しい衣装がびっしりと詰め込まれていた。宝石も宝石箱から溢《あふ》れるほど置いてあり、思わず溜息《ためいき》が出てしまう。

しばらくそれらを眺めた後、リリーシャは衣服を脱いで浴室に入る。そして身体を洗ってから、花びらを浮かべてある湯に浸《つ》かった。

長距離の移動や、ロイダーから受けた仕打ちに疲れ果てていた心が、ゆっくりと解《ほぐ》れていく。

（これからは、死ぬまで泣いて暮らすものだと思っていたのに）

よく気が付く侍女に、綺麗な部屋。夫がいない時は、心安まる生活を送れるかもしれない。

身体が充分に温まってから、リリーシャは浴室を出た。下着と薄いドレスを身に纏い、その下に薔薇《ばら》の首飾りを隠す。

呼び鈴を鳴らすと、すぐにクーディアが現れた。彼女はリリーシャの髪を乾かして結い上げる。そして衣装棚を開いて、どれを身につけるのかと尋ねた。

「そうね……。じゃあ、その薄紅色《うすべにいろ》のドレスを」

淡い紅《べに》色のドレスは繊細《せんさい》なレースがふんだんに使われ、若くて美しいリリーシャの美貌を更に際立たせる。次いで髪飾りはどれがいいかと尋ねられ、リリーシャは紫水晶を選んだ。

美しく着飾ったリリーシャは、クーディアに導《みちび》かれて衣装部屋を出る。

寝室の奥の部屋に入ると、二人の若い娘が深々と頭を下げてリリーシャを待っていた。

一人は小柄な金髪の娘で、深緑のシンプルなドレスを身に纏っている。もう一人は背の高い娘で、茶色の巻き毛を持ち、落ち着いた藍色のドレスを着ていた。

「私は伯爵家の娘でローニャと申します。私の母は王妃様の祖国グライフの出身で、私も何度かグライフを訪れたことがあります」

頭を下げたまま、金髪の娘が告げる。緊張のためか、声が少し上擦《うわず》っていた。

「わたくしは公爵家の娘でミラと申します。わたくし達二人が、王妃様の話し相手として陛下に選ばれました。どうぞよろしくお願い致します」

ミラはローニャよりも年上らしく、しっかりとした口調で告げる。

リリーシャは彼女達と一緒に、部屋の中央に置かれたテーブルへ向かう。白いテーブルの上には果物とお茶、そして軽食が並べられていた。

三人はそこで、しばし歓談する。

自分を手酷《てひど》く扱った王が遣わした相手だ。本来ならば、打ち解けようとは思わなかっただろう。けれど、二人とも貴族の娘とは思えないくらい控えめで、他国で一人寂しい思いをしていたリリーシャの心を癒《い》やしてくれた。

(二人とも可愛いし、とても素直だわ)

すっかり打ち解けた彼女達と、明日も会う約束をしてから別れる。

ここは王妃と親しい者だけが招かれる部屋で、更に奥にはそれ以外の客を招き入れるための応接室があるらしい。それをクーディアから聞いて、リリーシャは目を丸くする。

たとえ王妃としての体面を保つためだとしても、これだけたくさんの部屋を用意し、更に豪奢《ごうしゃ》なドレスや宝石まで与えてくれたのはロイダーだ。リリーシャのことをまったく気に掛けていないなら、ここまでの用意はしないだろう。

夜になったら、また憎しみが湧いてくるかもしれない。けれど絶対に許せないと思っていた気持ちがほんの少しだけ揺らぐのを、リリーシャは感じていた。


静かな午後。穏やかな光が王妃の部屋を満たしている。

今、この豪奢な部屋の中にはリリーシャしかいない。

窓から見える見事な庭園に心を奪われていた彼女は、ふと空を見上げた。

（とても良い天気ね）

まるで青い宝玉みたいに澄んだ空。鳥の羽根でさっと描いたような白い雲が、自在に形を変えながらどんどん流れていく。こんなに穏やかな陽気なのに、外は強い風が吹いているらしい。

祖国グライフで、父と母はよく話し合いをしていた。家族のことから政治のことまで、すべて二人で話し合って決めていた。

けれど、ロイダーがリリーシャに意見を求めることはないだろう。ただ国同士を結び付け、世継ぎを残すためだけの政略結婚なのだから。

(形だけの王妃……)

ふと風に吹かれたくなって、リリーシャは窓を開ける。

風が入ってきて、部屋の中を駆け巡った。繊細《せんさい》なレースでできたカーテンが舞う。けれど予想に反して、とても暖かな風だった。

この時季になれば、グライフよりも南に位置するこの国には、もう冷たい風は吹かないのだろう。祖国との距離を思って寂しくなる心を、風が運んできた花の香りが慰《なぐさ》めてくれる。

(綺麗ね……。庭園を歩いてみたい)

けれど、ロイダーがそれを許してくれるだろうか。

迷った末に、リリーシャは呼び鈴を鳴らす。涼やかな音が響き渡り、すぐにクーディアがやってきた。

「庭園を散歩してみたいのだけれど……。いいかしら?」

そっと問いかけると、彼女は頷いた。

「もちろんです。あの庭園は王妃様のもの。陛下の許可がなくては、他の誰も立ち入ることができません」

「……私のもの？」

思いがけない言葉を聞いて、リリーシャは問い返す。クーディアはにこやかに頷いた。

まるで長年恋《こ》い焦《こ》がれていた女性をようやく迎え入れるかのような待遇だ。けれどリリーシャは、喜びよりも戸惑いを覚える。

（お父様のお話では、この結婚は急に決まったはずよ）

こんな豪奢《ごうしゃ》な部屋や庭園を準備している暇など、なかったに違いない。それとも自分が知らないだけで、ロイダーとの結婚は昔から決められていたのだろうか。

困惑したまま、リリーシャはクーディアに案内されて庭園に出た。

クーディアは花に詳しく、この国にしか咲かない花について色々と教えてくれた。

見事に手入れされた美しい花達が、その姿と香りで楽しませてくれる。色とりどりの花が咲き乱れる様《さま》は、百花繚乱《ひゃっかりょうらん》という表現がぴったりだった。

風がリリーシャの銀色の髪を揺らして、庭園を吹き抜けていく。

こうして見回してみると、はっきりとわかる。王妃の寝室からの眺めが一番良くなるように作られているのだ。やはりクーディアの言う通り、王妃のために作られた庭園なのだろう。

けれど――

リリーシャは首を横に振った。

（きっと私のためじゃない……）

ロイダーの自分に対する態度とこの待遇は、あまりにもかけ離れている。

もしかしたら、王妃になるはずの女性が他にいたのではないか。ロイダーはその人のために、あの豪奢《ごうしゃ》な部屋と、この見事な庭園を用意したのではないだろうか。

気付けば、リリーシャは服の上から愛の形見に触れていた。

自分が愛する人と別離を強《し》いられたのと同じように、ロイダーもまた愛する女性と別れざるを得なかったのかもしれない。

あの深い悲しみを感じさせる瞳と、彼の口から呟《つぶや》かれた言葉を思い出す。

——彼女がどれほど苦しんだのか。

その言葉を告げた時のロイダーは、とてもつらそうだった。きっと、余程の事情があるに違いない。

（彼女って、誰のことなのかしら……）

リリーシャはもう一度、ゆっくりと庭園を見渡した。

一面に咲く美しい花々。そしてあの豪奢な部屋。いずれもロイダーの深い愛情が表れている。

「……部屋に戻ります」

突然踵《きびす》を返したリリーシャに、クーディアが驚いた様子でついてきた。

「リリーシャ様？　どうかなさったのですか？」

心から気遣ってくれる彼女に、リリーシャは微笑む。

「ごめんなさい。風に当たったせいか、少し頭痛がするみたい」

だからそっとしておいてほしいと頼むと、クーディアは部屋に戻った後、温かいお茶を用意してくれた。呼び鈴を鳴らしてもらえればすぐに駆け付けると言って、彼女は部屋を出ていく。

一人になったリリーシャは椅子に座って静かに庭園を眺めた。

愛する人と別れるのがどんなにつらいか、今のリリーシャはよく知っている。

心がバラバラに引き裂かれてしまうほどの悲しみ。耐えることなどできないと思っていたその悲しみを、ロイダーも知っているのかもしれない。

彼もまた、この政略結婚の被害者なのだとしたら。

庭園に咲く美しい花々から目を逸《そ》らし、リリーシャは瞼《まぶた》を閉じる。

（誰であろうと、人は生きていく上で、たった一つの未来しか選べない……。それなのにどうして、選択肢は無限に存在するのかしら）

もし選択肢が一つしかないのならば、あの時こうすればよかったと後悔することもなくなるのだろうか。それとも、たった一つの選択さえ後悔して生きていくのが人間なのだろうか。

(わからない……。私にはわからないわ)

ふと、一つの疑問が胸をよぎる。

もし、あの時。家族のことも王女であることもすべて捨てて、リムノンと祖国を出ていたら、幸せになれたのだろうか。それとも捨てた祖国への思慕《しぼ》に悩まされ、二度と会うことが許されない家族を想って生きていくことになったのだろうか。

きっと後悔していたと思う。それなのに、どうして取り返しのつかない状態になった今でさえ、別の道を選んだ未来を夢想してしまうのだろう。

(リムノン。私はもう、どうしたらいいのか……)

自分が進むべき方向がわからず、リリーシャは唇を噛み締める。

せめてもう一度だけ、彼に会えたらいいのに。

寝室で一人で休んでいるうちに、いつの間にか眠ってしまったらしい。

気が付くと、室内は既《すで》に夜の闇で満たされていた。

カーテンの隙間《すきま》から差し込む月の光が、薄暗い部屋をぼんやりと照らしている。

（身体が重い……）

今までの疲れが出てしまったのかもしれない。あまり丈夫でないリリーシャは、無理をするとよくこんな風になってしまう。

自由にならない身体を無理矢理起こして、室内を見回す。

闇によって閉ざされた部屋は、世界から隔絶《かくぜつ》されたかのように静かだった。

ふと窓の外を見つめる。そこから見えるのは、太陽の下で見たのとは少し違う姿をした庭園。冷たく研ぎ澄まされた月の光は、艶《つや》やかな花びらさえも無機質に染めている。

そんな作りものに見える花々の中に、長身の男が佇《たたず》んでいるのが見えた。

「あ……」

思わず声を上げてしまい、リリーシャは慌てて口を押さえる。

（ロイダー様……）

その姿を、リリーシャは魅入《みい》られたかのようにじっと見つめた。

闇に溶け込む漆黒《しっこく》の髪に、整った顔立ち。

生まれた時から王となることを運命づけられていた彼は、すべてを支配する神のごとき傲慢《ごうまん》さを持って、そこに立っていた。

誰かを待っているわけではなく、明確な目的があるわけでもなく、ただ過去の幻影を追い求めるかのように静かに佇《たたず》んでいる。

不意に、婚礼衣装のまま後ろから貫《つらぬ》かれたことを思い出し、リリーシャは唇を噛み締めた。

彼に傷付けられた身体の奥が、ずきんと痛む。

(……怖い)

けれど今のロイダーからは、あの時の冷酷さは微塵《みじん》も感じられない。

まるで夜の闇が見せた幻のようだ。あまりに儚《はかな》くて、日に照らされたら跡形もなく消えてしまいそうな……

どのくらい、時間が経ったのだろう。

ロイダーも、そして陰から見つめるリリーシャも、呪縛《じゅばく》されたかのごとく動けずにいた。

けれど暗雲が空を覆《おお》い、月の光を遮《さえぎ》ったその時。

微動だにせず立ち尽くしていたロイダーが不意に片手で顔を覆い、肩を落とした。

その表情は見えないけれど、リリーシャには彼の胸に湧き起こっている感情が何なのか、はっきりとわかった。

(彼も後悔しているんだわ。私と同じように……)

どうしてこの道を選んでしまったのか。他に手段はなかったのか。

二度と戻れない道筋を、頭の中で何度も辿《たど》ってしまう。叶うことのない夢を見てしまう。

尽きぬ後悔の念を抱きながら、それでも課せられた使命のために生きていく。

何もかも思い通りにできる人間などいないのだ。すべてを従えているかのようなこの王でさえ、心に傷を抱えている。

それを理解した時、リリーシャの心に広がったのは、堪《こら》え切れないほどの悲しみだった。

（私達は、同じ苦しみを背負っているのかもしれない……）

だからこそ、彼の瞳の中にある悲しみを見つけてしまったのだろう。

暗雲が退《しりぞ》き、月が再び姿を現す。

皓々《こうこう》とした青い光が、俯《うつむ》いたままのロイダーを照らしていた。

陽光の下で見る彼からは想像もつかないその姿に、リリーシャは心の一番深い場所を抉《えぐ》られるような痛みを感じる。彼もまた、自分とまったく同じ痛みを感じているのだとしたら。

（きっとあの人は、今夜も来ないわ……）

月の光が見せる幻想の中に愛《いと》しい人の面影を求め、眠れない夜を一人で過ごすに違いない。

リリーシャは服の上からそっと首飾りをなぞり、目を閉じた。月光に照らされた青白い頬を、涙の雫《しずく》がゆっくりと滑り落ちていく。

(私、どうして泣いているのかしら?)

零《こぼ》れ落ちた涙を指で拭《ぬぐ》いながら、考える。

これは、誰のための涙なのだろう。


時間は止まり、もう永遠に朝が訪れないような気がしていた。

けれど少しずつ闇が退《しりぞ》き、立ち尽くすロイダーとリリーシャを取り残して、世界は色を取り戻していく。

やがて一筋の光が、闇に覆《おお》われていた空を照らし出した。

新しい一日を告げるその光は、すべての生命を作り出した創始の光のごとく神々《こうごう》しかった。

(眩《まぶ》しい……)

庭園の周囲に植えられた樹木に早起きの小鳥達が集まり、楽しげな声で歌い出す。生命力に満ち溢《あふ》れたその囀《さえず》りは、ロイダーの中に巣喰う闇も退けたのだろうか。彼はようやく動き出す。

立ち去る彼の後ろ姿を見送ると、リリーシャも窓辺を離れた。

長い夜が終わった。

きっとこの夜のことを、リリーシャはこれから何度も思い出すだろう。夫と同じ想いを抱いて過ごした夜のことを。

寝室から出る前に、一度だけ窓の方を振り返る。樹木の枝が複雑な影を落とし、硝子細工《ガラスざいく》のように見えていた。

(光と影。正反対なのに、決して離れることはない……)

ふと、そんな考えが頭をよぎる。愛と憎しみも、きっと同じなのではないだろうか。

胸に渦巻《うずま》く感情をどう整理してよいのかわからず、リリーシャは俯《うつむ》いた。

空が明るくなったとはいえ、まだ早朝だ。

呼び鈴を鳴らせばクーディアが駆け付けてくれるだろうが、わざわざ呼び出すこともないだろう。

リリーシャは衣装部屋へ行き、一人で着替えをした。それほど手間取らなかったのは、いつも妹の着替えを手伝っていたからだ。

幼い頃、妹のニーファはひどい人見知りで、侍女さえあまり近付かせなかった。華美な服装を好まないニーファは自身の誕生日の時でさえも、飾り気のないワンピースを着ていた。きっと自分を着飾ることにあまり興味がないのだろう。

（その代わり、本が好きだったわね）

思い出して、ふと懐かしくなる。結婚が決まってからは、妹ともほとんど会話を交わすことなく国を出てきてしまった。

（ニーファ……。どうしているかしら）

あの大人しい妹が、結婚相手と共に国を継ぐことになる。

人前に出ることを好まない妹は大丈夫なのだろうかと、少し心配になった。

着替えを終えたリリーシャが寝室へ戻ると、クーディアが慌てた様子で現れた。

「申し訳ありません。遅くなってしまって……」

「いいの。私が早く起きてしまっただけだから」

そう言って微笑むと、クーディアは安堵した様子を見せる。

朝食の準備をするという彼女を見送った後、リリーシャは再び窓から庭園を眺めた。

（やっぱり綺麗ね）

陽光に照らされた庭園は、とても美しい。けれど、どうしても昨夜のロイダーの姿が脳裏に浮かび、それを振り切るかのようにカーテンを閉めた。

（昨夜は来なかった。でもきっと……）

いつか必ず、彼はリリーシャの寝室を訪れるだろう。

失った愛の代わりを求めてか、あるいは、その原因となったリリーシャに憎しみをぶつけるためか。それとも単に早く跡継ぎを作り、王妃のもとを訪れる必要性を無くしてしまいたいだけか……

どんな理由であれ、ロイダーはリリーシャを抱くだろう。そしてリリーシャは、それを受け入れなければならない。

（私は彼の――ロイダー王の妃《きさき》となってしまったのだから……）

でも、あの姿を見てしまった今、どんな顔をして彼を迎えたらいいのかわからない。

風が庭園を吹き抜け、花弁が空高く舞い上がる。

その行く末を見つめながら、リリーシャは溜息《ためいき》をついた。

第二章　復讐《ふくしゅう》の矛先《ほこさき》

この国に嫁いでから十日あまりが経過した。

開け放した窓から入り込んでくる風は、もうすっかり春めいている。

窓辺に植えられている木には濃い桃色の花が咲き、風に煽《あお》られた花びらが部屋の中に舞い込む。

暖かな陽《ひ》の光と花の香りを感じながら、リリーシャは目を閉じる。

（……とても穏やかだわ）

この国での時間は想像もできなかったくらい、優しく流れていく。

夫のロイダーは一度も彼女の寝室を訪れていなかった。本来なら一緒に取るはずの朝食の席にも姿を現さない。彼はしばらく国務で忙しいようだと、クーディアが教えてくれた。

広い世界の中には、責任を放棄して自分のためだけに生きている王や、王としての責務に疲弊《ひへい》して無気力になってしまう王もいると聞く。

だが少なくともロイダーは、自《みずか》らの責任を放棄するような王ではない。それどころか、サンシャン王国の歴史の中でも稀《まれ》に見る名君だと祖国でも評判だった。

彼の言う王妃としての義務――つまり子作りさえ終えてしまえば、こんな風に毎日を穏やかに過ごせるのかもしれない。

まだリムノンを忘れられずにいるリリーシャにとって、他の男性の子どもを宿すのは苦痛でしかない。だが、それはこの結婚と同じく、避けられない運命だった。

（その時、私はどうするのかしら……）

風に舞い上がる花びらを見つめながら、リリーシャは考える。

自分は生まれてきた子どもを憎むのだろうか。それとも心から愛するのだろうか。

定められているはずの未来も、今はまだ輪郭《りんかく》すらはっきりとしていない。

けれど、穏やかな春の光が冬の寒さをゆっくりと遠ざけていくように、悲しみに凍《い》てついたリリーシャの心にも、わずかな光が見えてきている。

それはこの美しい景色と、思っていたよりもずっと穏やかな生活のせいかもしれない。

ぼんやり庭を眺めていると、過去の記憶の断片がふわふわと頭の中を漂《ただよ》い始める。

懐かしい母の顔。優しかった父の顔。そしてリムノンの優しい笑顔。はにかんだように笑う、その表情がとても好きだった。

（リムノン……）

薔薇《ばら》の形をした宝石を、そっと指でなぞる。

彼がくれた優しさが、共に過ごした幸せな記憶が、今のリリーシャの生きる糧《かて》であり、生き続けている理由だった。

けれど、以前のように狂おしいほどの愛《いと》しさは感じない。

どんなに愛していても、もう二度とあの国には戻れないのだ。

それを知っているからこそ、彼への想いも少しずつ姿を変えようとしているのかもしれない。進行形の愛ではなく、切ない愛の記憶へと。

それが悲しくてつらくて、愛しい恋人のことを必死に想っていたけれど、慣れない異国では覚えなければならないことも多く、記憶はどんどん上書きされていく。

(時間はとても残酷だわ)

リリーシャは溜息《ためいき》をつくと、両手を肩に回して自《みずか》らを抱き締めた。

その時、扉を叩く乾いた音が響き渡る。

我に返ったリリーシャが小さく返事をすると、侍女のクーディアが入ってきた。

いつものようにきっちりとした出《い》で立ちの彼女は、リリーシャに向かって丁寧に頭を下げる。

「王妃様、ローニャ様がお見えです」

それを聞いて、リリーシャは首を傾げた。

「ローニャが一人で？」

話し相手として紹介されたローニャとミラには、あれから何度も会っている。けれど、いつも二人一緒だった。

（グライフの話をしたいのかしら？）

ローニャの母親がグライフ王国の出身だということを思い出したリリーシャは、クーディアに了承の意思を伝え、応接間に移動する。

ほどなく彼女がローニャを連れてきた。リリーシャは丁寧に挨拶《あいさつ》をしてくれたローニャを向かいのソファーに座らせ、クーディアにお茶の支度を頼む。

ローニャは小柄であどけない顔立ちをしているが、きっと妹のニーファと同じくらいの歳だろう。濃い桃色のドレスは窓辺に植えてある花を連想させる。まさにあの花のように可憐《かれん》で、可愛らしい女性だ。

彼女は今日もにこにこしていたけれど、クーディアが部屋から出てその気配が遠ざかると、不意に笑みを消した。少し思い詰めた表情で、緑色の瞳を真っ直ぐリリーシャに向けている。

「……リリーシャ様に、お話ししたいことがあります」

リリーシャは黙って頷いた。

すると、ローニャが安堵した様子を見せる。だが口を開く前に、扉の方をちらりと見た。どうやらクーディアには聞かれたくないらしい。

王妃に仕える侍女は厳しい教育を受けているので、盗み聞きなどしないだろう。それでもローニャが気になるのならと、リリーシャは呼び鈴を鳴らした。

すぐに駆け付けてきたクーディアに、できるだけ無邪気に告げる。

「天気が良いから、庭園でお話ししたいわ。少しお腹がすいたので、何か軽食をお願いしてもいいかしら？」

クーディアは微笑みながら了承し、丁寧にお辞儀をしてから退室した。

クーディアが軽食を準備してくれている間に、リリーシャはローニャと庭園へ向かう。

庭園には見事な造りの椅子とテーブルが置かれている。そのテーブルに着くと、ローニャはすぐに礼を述べた。

「リリーシャ様。お気遣いいただきありがとうございます」

「大切なお話なんでしょう？」

そう言って微笑むリリーシャに、ローニャは頷く。

「……ご存じのように私の母はグライフ出身で、私も幼少の頃、少しだけグライフに住んでいたことがあります。グライフではリリーシャ様の美しさは有名でしたから、私はお会いできるのを本当に楽しみにしておりました。私の祖国と母の祖国が婚姻によって強く結ばれるのも、実に素晴らしいことだと。ですが……」

ローニャはそこで言葉を切った。テーブルの上で、組み合わされた細い指が震えている。

「……陛下は、グライフをとても憎んでおられます」

小さな声は、風に流されることなくリリーシャの耳に届いた。

けれど、真新しい布に落ちた水滴のように、すぐにはリリーシャの心に染み込んでいかない。

風に煽《あお》られて、桃色の花びらが散る。

生まれた場所から引き離され、遠い空に飛ばされていくそれを目で追いながら、リリーシャはようやくニーファの言葉の意味を理解した。

（……やっぱりそうだったのね）

ロイダーは人徳のある名君として知られている。他国から迎えた花嫁にあれほど酷《ひど》い仕打ちをするなんて、彼の評判からは想像もできなかった。

思い出すのは、この庭園で一晩中立ち尽くしていた、あの姿。

そして何から何まで完璧に用意されていた、王妃の部屋。

「ロイダー様には、王妃として迎えようとしていた方がいらっしゃるのでしょう？」

それは疑問というよりも、確認だった。

ローニャは、こくりと頷く。

（その人と別れた原因がグライフだった？　だから憎んでいるの？　でも……）

父はサンシャン国王から婚姻の申し入れがあったとリリーシャに告げた。だが、憎んでいる国の王女との婚姻を、自《みず》ら《か》提案するとは思えない。

「それならなぜ、私を……」

疑問を口に出そうとして、ふとリリーシャは思い出す。

あの忌《い》まわしい行為の前に、ロイダーは確かに言っていた。こうなるように仕向けたのはグライフ側だと。

あの時のリリーシャは絶望していたせいで、その言葉の意味を問おうとはしなかった。けれど今思えば、彼は最初から伝えていたのだ。これは自分の意思ではないと。

――ならば、この婚姻は誰に仕組まれたものだったのか。

思い当たるのはただ一人。グライフ国王である父だけだ。

グライフには、どうしてもサンシャンとの結び付きを強固にしなければならない理由があったのだろうか。もしそうだとしても、父ならば「国のためにサンシャンに嫁いでくれ」と事前に言うだろう。それにロイダーが、これほどの用意をしてまで迎えるつもりだった女性を諦《あきら》めた理由がわからない。

（……わからないことだらけだわ）

ローニャの言葉はリリーシャの心に思わぬ波紋を広げた。リリーシャは見事な銀色の髪を風に靡《なび》かせ、大きな溜息《ためいき》をつく。

真実を突き止めるべきか。それとも余計な詮索はせず、サンシャンの王妃として静かに生きるべきか。

答えが出せないまま時間は過ぎていった。

ローニャに話を聞いた日から、数日が経った。

朝から降り続く雨は樹木の葉を叩き、弾き返されて地面に落ちていく。その雫《しずく》が集まって小さな川を作り、白く変色した花びらが流れていた。

雨雲に覆《おお》われていた空は、次第に闇色に染まっていく。

一人きりで夕食を済ませたリリーシャは寛《くつろ》げる服装に着替え、もうすっかり暗くなった庭園を眺めていた。

夕食後は緊急のことがない限り、訪ねてくる者はいない。

クーディアも着替えを手伝ってくれた後に退室したので、こちらから呼び出さない限り戻ってくることはないはずだ。

雨の音だけが聞こえる、静かな夜。

数日前からずっと胸に引っかかっているのは、ローニャのあの言葉だった。

(……私はどうして、この国に嫁いだのかしら)

望んでもいないし、望まれてもいなかった。

祖国のためになるというのならば、まだ耐えようと思えたかもしれない。けれど、それすらはっきりしないままでは、運命を憎むことも嘆くこともできなかった。

静寂に包まれていた部屋に、足音が響いてくる。

リリーシャが顔を上げると、部屋の扉が音もなく開かれた。

現れたのは、ロイダーだった。恐らく政務が一段落したのだろう。久しぶりに会う彼は、少し痩《や》せたように見える。

ロイダーは視線をリリーシャに向けると、わずかに目を細めた。

「妃《きさき》としての責務を果たせ」

それは拒絶を許さない、厳しい口調だった。

「……わかり、ました」

リリーシャは既《すで》にグライフの王女ではなく、このサンシャン王国の王妃である。

そしてロイダーは、この国の支配者だ。拒否などできようはずもない。

初めて彼に抱かれた時の恐怖を思い出し、リリーシャは身体を強張《こわば》らせた。

そんなリリーシャを見て、ロイダーは少し口調を和《やわ》らげる。

「そう硬くなるな。初めてだと知っていたら、あんなに強引なことはしなかった」

腰を抱き寄せられたリリーシャは、抵抗することなく彼の腕に抱かれた。

そのまま寝台まで運ばれ、シーツの上に押し倒される。銀色の髪が広がり、月光に照らされて煌《きら》めく。

初めての時ほどの恐怖を感じなかったのは、ロイダーの瞳にあの時の鋭さがないからかもしれない。

その瞳はまるで遠い過去を見つめているかのようで、リリーシャなど映していなかった。

怯《おび》えていたリリーシャの心が、少しずつ落ち着いていく。

何がこんなに彼を悲しませているのだろう。

そんなことを考えていると、不意に唇を重ねられた。彼の唇が唇をなぞり、歯列を割って口内に入り込んでくる。

「んっ……はぁ、はぁ……」

ぴちゃりという水音が響き、リリーシャは羞恥《しゅうち》に頬を紅潮させる。押し返そうとする舌を絡め取られ、吸い尽くされて、息が止まりそうだった。

「……っ。ああんっ……」

わずかに解放された隙《すき》に、空気を求めて喘《あえ》ぐ。けれどすぐに唇を塞《ふさ》がれ、舌を絡められる。

「はぁ……」

唇から流れ落ちた唾液が、リリーシャの胸元を濡らした。ロイダーの唇が、その跡を辿《たど》って下りていく。

「あっ……！」

喉元を舐められて、背筋がぞくりとした。初めての時に強引に与えられた快楽を、リリーシャの身体はまだ覚えているのだろう。

ロイダーの唇は鎖骨《さこつ》を辿って肩先へと向かう。さらりという衣擦《きぬず》れの音と共に、衣服が剥《は》ぎ取られた。

明かりを消した部屋の中に、リリーシャの白い肌が浮かび上がる。

熱を感じさせないロイダーの指が、胸の膨《ふく》らみを捕らえる。掌《てのひら》で包み込むように覆《おお》い、その柔らかな弾力を彼は堪能していた。

胸の先端を掌で擦《こす》られる度に、リリーシャの身体はびくびくと反応してしまう。

「ふぅ……」

声を出したくなくて、リリーシャは唇を噛み締める。それを咎《とが》めるように、胸の先端を指の腹で刺激され、背筋がぞくりと震えた。

心は望んでいなくとも、身体は彼の動きに翻弄《ほんろう》されている。もうこの身体すら、自分の自由にはならないのだ。

「もっと声を出せ」

「ああっ！」

硬くなり始めた先端を指で転がされ、リリーシャの口から嬌声《きょうせい》が上がった。

彼の言葉通りになってしまったことが恥ずかしくて、リリーシャは視線を逸《そ》らす。けれど胸の先端を強く摘《つ》まれると、また声が出てしまった。

「それでいい。感じているのだろう？」

「そんなこと……。んんっ！」

悔しさゆえか、それとも快楽に対する反応なのか、リリーシャの目に涙が浮かぶ。

するとロイダーが、その涙を指で拭《ぬぐ》った。

「……泣くな」

思いがけない彼の行動に驚き、リリーシャは思わず目を合わせてしまう。

「あ……」

ロイダーの瞳には、もう最初の時のような憎しみは宿っていない。けれど、その瞳はリリーシャを見ていなかった。きっと、ここにいない誰かを見ている。

それでもリリーシャの身体を愛撫《あいぶ》する手は、止まらなかった。

胸の膨《ふく》らみを掌《てのひら》に収め、指の間から顔を出した蕾《つぼみ》を挟んで転がす。

リリーシャが思わず仰《の》け反ると、彼はその背中に手を回して抱き寄せ、胸の先端に舌を這《は》わせた。

「あ……。はあ……っ」

敏感な蕾を舌先で弄《もてあそ》ばれて、リリーシャの息が弾む。

濡れた肌が外気に触れてひやりとし、それもまた刺激となった。

熱い口内に囚《とら》われた胸の先端は硬く尖《とが》り、舌先で転がされる度に言いようのない快楽を伝えてくる。

「ああんっ！」

喜悦《きえつ》の混じった声を上げてしまい、リリーシャは慌てて口元を押さえた。

心は今も祖国にいるあの人を想っているはずなのに、どうして身体は快楽に従ってしまうのだろう。

「強情だな。だが、身体は反応している」

「いや……。言わないで……」

片方の胸の先端を舌先で転がされ、強く吸われる。反対側の蕾は指で摘《つ》まれ、指の腹で転がされた。リリーシャは必死に声を押し殺すが、吐息が漏れてしまう。

「んんっ！　はぁ……」

ロイダーはそんな姿を楽しむように胸を揉《も》み、首筋に舌を這わせた。

「まだ耐えるのか？」

リリーシャに声を上げさせようと、ロイダーは更に愛撫を続ける。

敏感になりすぎた胸の蕾は、少し擦《こす》られただけで耐え難《がた》い快楽を生み出した。

「ああっ！」

リリーシャの口から自然に喘《あえ》ぎ声が出てしまうまで、ロイダーは彼女の胸を弄ぶ。

白い肌に、くっきりと指の跡が残っている。

——まるで所有者の証《あかし》のように。

胸を愛撫していた指が、下腹部を目指して肌を滑っていく。

その指が足の間に入った時、ぐちゅりという音が響き渡った。執拗《しつよう》に愛撫《あいぶ》された身体は、既《すで》に彼を受け入れる準備を整えている。

「もう、こんなに濡れている。やはり嫌がっているのは口だけか」

そう告げられて、リリーシャの頬が羞恥《しゅうち》に染まった。

「うう……。もう……許して」

掠れた声が唇から零《こぼ》れ落ちる。許してもらえるはずがないけれど、言わずにはいられなかった。

それに対する返答として、ロイダーの指が薄布の上から濡れた秘唇に添えられた。

「こんなに濡らしておいて、よく言う」

彼はリリーシャに拒絶する暇も与えず、秘唇をゆっくりとなぞり上げる。

そこから生じる快楽は、これまでとは比べものにならないくらい強い。リリーシャは声も出せずに唇を強く噛み締めた。

「んん……！」

リリーシャの目から涙が零れ、シーツを濡らしていく。ただ指で擦《こす》られているだけなのに、身体が溶けてしまいそうだった。

緩やかに愛撫され、リリーシャの身体は少しずつ高まっていく。

やがて蜜を絡ませながら秘唇を嬲《なぶ》っていた指が、不意に中へと入り込んだ。深く突き入れることはせず、浅い部分で出し入れを繰り返す。

溢《あふ》れ出る蜜が掻き出され、ぐちゅぐちゅという水音が響き渡った。

「くぅ……。んん……。もう、やめて……」

「やめてほしいようには見えないが？」

逃げることを許されないまま、身体の中に熱が蓄積していく。

リリーシャの涙など気にも止めず、ロイダーは浅い位置で出し入れしていた指を奥に潜《もぐ》り込ませた。リリーシャはシーツを握って、その刺激に耐える。

視線を窓の方に向けると、あの庭園が見えた。

この寝室からの眺めが一番良くなるように作られた、見事な庭園。

あれは、元々誰のためのものだったのだろう。

声に出せない疑問が、頭の中を駆け巡る。

たとえ声に出したとしても、答えを得られることはないだろう。それがわかっているから、言葉にはしない。だがその疑問について考えることだけが、快楽から逃れる唯一の術《すべ》だった。

「あぁっ……！」

不意に足を大きく広げられて、リリーシャは悲鳴を上げた。思わず視線を落とすと、秘唇に指を入れられている様《さま》がはっきりと見えてしまう。

「いやぁっ」

あまりの恥ずかしさに、リリーシャは消えてしまいたくなった。

ロイダーはその様子を一瞥《いちべつ》すると、まるで見せつけるかのように、ゆっくりと膣内《ちつない》を掻き回す。

「んんっ」

リリーシャはそこから顔を背《そむ》ける。すると、今度は秘唇の少し上にある花芯を強く摘《つ》ままれた。

「いやあっ」

強い痛みと快楽が、身体中を駆け巡る。

逃げようとした腰を引き寄せられ、指が更に深くへと入り込んだ。

「ああっ……！」

純潔を失ったばかりのリリーシャは、指を入れられただけで痛みを感じてしまう。

「い、いたい……。痛いの、やめてぇ……！」

「痛いだけか？　そうではないだろう？」

リリーシャは必死に痛みを訴えたが、ロイダーがそれに応じることはなかった。ただ出し入れするだけだった指の動きを、じっくりと内部を探るような動きに変えていく。

「こんなに溢《あふ》れてくるのだからな」

「あぅ……。んんんっ……」

深いところの襞《ひだ》を指でなぞられ、尖《とが》りきった花芯を転がされる。秘唇からは絶え間なく蜜が溢れ出し、ロイダーの手を濡らしていた。

痛みが快楽の波に呑まれて消えていく。それを見透《みす》かしたかのように、指が二本に増やされた。

膣内でばらばらに蠢《うごめ》く二本の指に翻弄《ほんろう》され、リリーシャはロイダーの腕を掴んで甘い嬌声《きょうせい》を上げる。

「んっ、はぁ……、ああっ！」

「もう痛みはないはずだ」

胸の蕾《つぼみ》を口に含まれ、指で秘唇を激しく蹂躙《じゅうりん》される。それはリリーシャを望まない絶頂に追いやろうとしていた。

「ああ、いやぁ……。あああっ！」

足に力を込めて仰《の》け反りながら、リリーシャは達した。

快楽の波が一気に弾ける。

それと同時に、秘唇を熱い楔《くさび》で貫《つらぬ》かれた。

「休んでいる暇はないぞ」

「んんんんっ」

快楽の波が引かないうちに、更なる苦痛と快感を与えられる。

せめて少しだけ休ませてほしい。

そう懇願《こんがん》しようとしたが、ロイダーがそれを聞き入れるとは思えない。だから、リリーシャはひたすら耐えた。

最奥まで到達した楔が、ゆっくりと動き始める。指で充分に解《ほぐ》されていたとはいえ、圧迫感は相当なものだ。

シーツをきつく握り締めて、リリーシャは必死に耐えていた。

そんな彼女を追い詰めるように、膣内《ちつない》に収められた楔が質量を増していく。そしてずりゅ、という音と共に引き抜かれたと思うと、奥深くまで一気に入り込んだ。

「はあっ……。ん……！」

あまりに強い衝撃に、リリーシャは身体を強張《こわば》らせる。

けれど力を入れたことによって、身体の中心を貫くものを強く締め付けてしまう。そのことで、リリーシャはますます望まぬ快楽を得てしまった。

「身体は随分喜んでいるようだな」

ロイダーはリリーシャの身体を横にすると、その片足を高く持ち上げて、更に深く突き込んだ。

「あああっ」

体内を焼き尽くされるかと思うほど熱い楔が、蜜を纏《まと》いながら何度も最奥を叩く。そのあまりの激しさに、リリーシャの意識がどんどん霞《かす》む。

「はぁ、はぁ……。んん……。やぁ……！」

肩で大きく息をして、その激しい行為に耐える。

だが、リリーシャの身体はもう限界だった。

「苦しいか？」

ロイダーが不意に、優しささえ感じる静かな声で尋ねた。思いがけないその言葉に、リリーシャは彼を見つめる。

「……少し」

呼吸さえままならない中、ようやくそれだけ答えると、激しかった彼の動きが次第に落ち着いてきた。

「はぁ……。んっ……」

望んでいない行為を強要されていることは変わらないが、激しく突かれていた時に比べれば、肉体的なつらさは少なくなった。

それどころか、身体の奥底からじんわりと熱が広がっていく。ゆっくり出し入れされることにより、彼の楔《くさび》の形をまざまざと感じさせられる。

「ああ……。んっ……！」

リリーシャの呼吸が激しくなっていく。

最奥まで貫《つらぬ》かれる度に、身体が高揚していくようだ。白皙《はくせき》の肌は薄紅色《うすべにいろ》に染まり、唇から嬌声《きょうせい》が零《こぼ》れ落ちる。

「やっ……。もう、だめ……」

最初は悲鳴に近かった声が、甘い色を帯《お》びているのが自分でもわかってしまう。はしたないと思いながらも、その声を止めることができなかった。

もはや身体中が快楽に支配されている。

ゆっくりだった挿入が、少しずつ速度を増してくる。充分に解《ほぐ》れた秘部は、もう痛みを感じなかった。それどころか徐々に高まる官能に、意識まで呑み込まれそうになってしまう。

「やあっ！　もう、もうだめぇ……」

ロイダーの呼吸も次第に激しくなっていく。胸や花芯に触れている指も、先程より熱い。

胸の蕾《つぼみ》を摘《つ》まみ、尖《とが》りきった花芯を嬲《なぶ》りながら、彼は更に動きを速めた。

「あああっ」

膣内《ちつない》を蹂躙《じゅうりん》していた楔が大きくなり、欲望が最奥に注がれたのをリリーシャは感じた。

その迸《ほとばし》りは敏感な粘膜を焼いてしまいそうなほど熱かった。

（終わった……）

ようやく終わったという安堵感がリリーシャの胸を満たす。

彼女は力の入らぬ身体を寝台に預けて、目を閉じた。

きっとロイダーは、すぐに部屋を出て行くのだろう。

そう思っていたのに――

「アラーファ……」

そっと囁《ささや》かれた名前が、眠りかけたリリーシャの意識を呼び覚ます。

「それは、どなたですか……？」

その人の身代わりに抱かれたのかもしれないという気持ちから、思わずそう尋ねてしまった。

するとロイダーの瞳に、憎悪の炎が宿る。

「……知らないとでも言うつもりか？」

背筋がぞくりとするくらい冷たい声だった。望まない行為を強要しながらもリリーシャの身体を気遣ってくれた、先程までの彼ではない。

「自分の罪を、それによって人生を狂わされた女性の存在を、忘れることなど許さない」

「えっ……？　いやぁ！」

欲望を吐き出した後も、楔《くさび》はまだ膣内《ちつない》に存在していた。ロイダーの言葉の意味を考える暇もなく、繋がった状態のままうつぶせに押し倒され、腰を高く持ち上げられる。

「そんな。もう終わったのでは……ああっ！」

答えの代わりに、再び楔を突き込まれる。先程までと比べて圧迫感は少なかったが、何度も突き込むうちに、楔は少しずつ質量を増していく。

「お願い、もうやめて……」

膣内に注がれた欲望がぐちゅぐちゅと音を立てて蜜と混じり合い、太腿《ふともも》を伝い流れていく。

すっかり消耗した身体では自《みずか》らの重さを支えることができず、リリーシャはうつぶせの状態で彼の動きに従うしかなかった。

朦朧《もうろう》とした意識の中、悲鳴を上げる気力もなく、ただ突かれるままに身体を揺らす。

（どうして……）

何が彼の怒りを買ったのかは、わからない。けれど自分に向けられる憎しみを、初めての時よりもはっきりと感じていた。

望まぬ快感を強《し》いられるのは、とてもつらい。だがそれ以上に、冷酷な瞳で見下ろされるのがたまらなくつらかった。

どんなに拒絶しても、涙を流して懇願《こんがん》しても、彼は行為をやめてくれない。

愛する人と引き裂かれて他国に嫁がされたことは、王族に生まれた者の義務と考えればどうにか受け入れられた。この行為にさえ耐えれば、静かに暮らせるかもしれないと期待もしていた。

けれど、夫となった男性にこんなにも憎まれ、辱《はずかし》められる夜を、どうやって耐えていけばいいのだろう。

張り詰めていた心に亀裂が走るのを感じながら、リリーシャは意識を手放した。そんな彼女を、ロイダーはなおも蹂躙《じゅうりん》する。

「……知らぬはずがないだろう」

やがてロイダーは、二度目の欲望を膣内に放つ。そして月光に照らされた庭園を見つめ、片手で顔を覆《おお》ってその場に佇《たたず》んでいた。

悪夢のような夜が過ぎ去り、朝が来た。

カーテンの隙間《すきま》から差し込む陽光の眩《まぶ》しさで、リリーシャは目を覚ます。

光を反射して輝くシーツの白さが、目に痛かった。もう昼が近いのかもしれない。

ゆっくりと身体を起こそうとして、肌に残る紅《あか》い痣《あざ》に気が付く。昨晩の記憶が瞬時に甦《よみがえ》り、赤く腫《は》れた目から涙が零《こぼ》れ落ちた。

(もう嫌……。誰にも会いたくない。グライフに帰りたい……)

あれはただの陵辱《りょうじょく》だった。決して夫婦の行為ではない。

リリーシャは心も身体も打ちのめされていたが、何とか立ち上がり、浴室で丁寧に身体を洗った。

着替えて寝室に戻った彼女は、ふと思い立ち、寝室の扉を内側から施錠《せじょう》する。

もしロイダーから開けろと命令されたら、従うしかない。けれど今は誰にも会いたくなかった。

やがて訪ねてきたクーディアが施錠してあることに気付き、驚いたように声を掛けてくる。

「リリーシャ様？　どうかされましたか？」

「……気分が悪いので、一人にしてほしいの。食事もいらないわ」

それだけ告げると、リリーシャはカーテンを隙間《すきま》なくきっちりと閉めた。カーテンは陽光を完全に遮《さえぎ》り、室内は真っ暗になる。

最初の行為よりも、二度目の行為の方が、リリーシャの心を強く打ちのめしていた。

自分に向けられる憎しみを、はっきりと感じた。

どうしてあんなに憎まれているのかわからないが、必ず理由があるはず。

でも、今はそれを知りたいとは思わない。

（このまま誰にも会わずに暮らしたい……）

涙が頬を伝う。

自分を憎んでいても、許してくれなくてもいいから、放っておいてほしかった。

絶望を胸に抱え、一人きりで泣いた後、リリーシャは眠りについた。

◆　◆　◆

「王妃様が……。リリーシャ様が、寝室から出てこないのです」

ロイダーが侍女クーディアからその報告を受けたのは、リリーシャを手荒に抱いた三日後のことだった。

実はクーディアからは二日ほど前にも報告したいことがあると言われていたのだが、ロイダーは国務に気を取られて後回しにしていた。

あまり重要でない仕事は部下に任せることもできるが、最後は自分で確認しないと不安になってしまう。そのせいで、ロイダーの最終確認が必要な書類が山積みになっていた。

今も、朝から食事も取らずに黙々と処理をしていた最中だった。

リリーシャに酷《ひど》い扱いをしたという自覚はあるし、彼女が部屋に閉じこもっても仕方がないと思う。

けれど、さすがに三日間は長い。

「寝室の扉に鍵が掛けられていて、お食事だって一度も……」

いつもは溌剌《はつらつ》としているクーディアが、泣きながら報告した。

一日に何度も声を掛けているが返事すらなく、ずっと不安だったらしい。

かといって国王の許可がなければ王妃の部屋に入ることはできず、それでロイダーに直接訴えたのだろう。

「……わかった。様子を見に行こう」

ロイダーはリリーシャの華奢《きゃしゃ》な身体を思い出す。もしかしたら、本当に具合が悪くて伏せっているのかもしれない。

彼は仕事を中断し、足早に王妃の部屋へ向かった。部屋の前でようやく追い付いたクーディアが、部屋の扉を開ける。

すると、ふわりと華やいだ香りが漂《ただよ》ってきた。

日中にもかかわらず、部屋の中は暗い。カーテンはほんの少しの陽光も入ってこないように、きっちりと閉められていた。

「リリーシャ様……」

呆然としていたロイダーは、今にも泣き出しそうなクーディアの声で我に返り、リリーシャの姿を探した。どうやら、この部屋にはいないようだ。

ロイダーの許可を得たクーディアが、寝室の扉の鍵を開ける。

扉を開けると、そこも薄暗かった。けれど、寝台の上に煌《きら》めく銀色の髪が見える。

クーディアがそちらへ駆け寄り、ロイダーはカーテンを開いて部屋に光を入れた。すると、蒼白だが美しいリリーシャの横顔が照らし出される。

彼女は寝台に横になって目を閉じている。眠っているのだろうか。

まるで散りゆく花のような悲愴感が漂っていた。

そのあまりにも儚《はかな》げな姿を見て、ロイダーは今まで己が信じていたことに初めて疑問を覚えた。

——彼女は本当に、何も知らないのではないだろうか。

リリーシャの悲しげな様子や涙は、自分の愛した女性——アラーファの人生を狂わせたことへの罪悪感からきているものだとばかり思っていた。けれど、実はリリーシャもこの婚姻の被害者であり、祖国に愛する人がいるのだとしたら。

「リリーシャ様」

クーディアの涙声が耳に入り、ロイダーははっとする。

「医者を呼べ」

彼が短く命じると、クーディアはすぐに走り去った。

その後ろ姿を見送ったロイダーは、一人その場に佇《たたず》む。

(……真実はどうなのか、確認しなければならない)

執務室に戻った彼は、信頼できる部下を呼び出して調査を命じた。

何としても真実を知らなければならない。

仕事はまだ山積みだったが、ロイダーは椅子に腰掛け、ゆっくりと目を閉じた。

まるで手折《たお》られた花のようなリリーシャの姿が、いつまでも頭から離れなかった。

◆　◆　◆

その頃、グライフ王国にある貴族の屋敷で、月を見上げている男がいた。

長い金髪を一つに纏《まと》め、煌《きら》びやかな礼服に身を包むその姿は、男装した女性かと思えるほど艶《つや》やかだ。だが、空を見上げる瞳の鋭さは、女性では持ち得ないものだろう。

彼――リムノンがその手に握り締めているのは、一通の手紙だった。

リリーシャが嫁いだ国に遠縁の女性がいると知り、人づてに何度か手紙を送ってようやく返事を得た。その女性は既《すで》に亡くなっていたが、彼女の娘が返事をくれたのだ。

そのローニャという娘はリリーシャの話し相手に選ばれたそうで、手紙の前半はリリーシャの美しさを讃《たた》える内容だった。

リムノンは、彼女の美しさを誰よりも知っている。恋人同士だった頃、すべての喜びはリリーシャから与えられたといっても過言ではない。

心から愛する彼女を抱き締めた時の、胸の高鳴り。彼女が愛と信頼を込めて自分を見つめてくれた時の、たまらなく愛《いと》しい気持ち。もうあのような喜びを感じることは、生涯ないだろう。

彼女が自分を呼ぶ声が、まるで幸せの余韻《よいん》のように甦《よみがえ》り、リムノンはもう二度と取り戻せない過去に思いを馳《は》せる。

——愛していた。

今も心の底から溢《あふ》れ出る彼女への愛は、きっといつまでも涸《か》れることはないだろう。たとえ、もう二度と会えなくても。

リリーシャには、ニーファという妹がいる。それなのになぜ、サンシャンに嫁ぐのはリリーシャでなければならなかったのか。

リムノンはその理由をずっと探し続けていた。早く正当な理由を見つけないと、自《みずか》らの内に巣喰った正体不明の闇に呑まれてしまいそうだったからだ。

第二王女のニーファには、暗い噂がある。何でも父を傀儡《かいらい》にして政治の実権を握っているというのだ。

それが事実なのかどうか、リムノンは知らない。彼女にも国政にも興味がないからだ。だが、もしかしたら今回の出来事にはニーファが関わっているのかもしれない。

もしそうだったら、どうするか。

自問して導《みちび》き出した答えは——復讐《ふくしゅう》。

（……ああ、そうか）

リムノンは理解した。愛する人を失ってから、心を支配してきた闇の正体を。

それは自分達を引き裂いた者への憎しみだったのだ。

今となってはもう、リリーシャをこの手に取り戻したいとは思わない。

それを実行するには多大なる犠牲を払わなくてはならないし、優しいリリーシャがそれを気にせず幸せになれるとは思えないからだ。

けれど、愛した女性が不幸になるのだけは許せなかった。夫となった男性に愛され、大切にされ、自分のことを思い出せなくなるくらい幸せになってほしい。

あの美しい笑みが、ずっと絶えないように。

リムノンは握り締めていた手紙の後半に、もう一度目を通す。

そこには、サンシャン王には結婚を考えていた女性がいたこと、そして同盟国であるはずのグライフ王国を憎んでいることが記《しる》されている。

彼に何があったのか、早急に調べなければならないだろう。

リムノンは煌《きら》びやかな上着を脱ぎ捨て、目立たない服装に着替える。そして形式的に身につけていた細身の剣を外し、実戦に使える長剣を腰に帯《お》びた。

それを鞘《さや》から抜き放つと、銀色の刃が鋭い光を放つ。それを腰まで伸びた金色の髪に宛てがい、肩先で無造作に切り落とした。

短くなった金色の髪が、窓から入り込んできた夜風に揺れて、儚《はかな》い光を撒《ま》き散らす。

リムノンは先程書いたばかりの手紙を机の上に置くと、一度も振り返ることなく部屋を後にした。

手紙の宛先はリリーシャの妹ニーファ。

彼女からは幾度となく慰《なぐさ》めの手紙をもらったが、一度も返信したことはない。ようやく書いた彼女宛ての手紙には、慰めに対する感謝の言葉と、そして少しの間旅に出るつもりであることを綴《つづ》ってある。

(もしニーファが関与していたのだとしたら。……決して許さない)

リムノンはリリーシャの結婚の裏で何があったのかを調べるため、密かにサンシャン王国へ向かうつもりだった。

どこの国にも情報屋は存在する。金を惜しまずに払えば、真実に辿《たど》り着けるだろう。

(……リリーシャ)

彼女のように美しい、銀色に輝く月。廊下の窓からそれを見上げて、リムノンはそっと目を閉じる。

たとえ会うことはできなくとも、彼女がいる国に行くのだと思うと心が騒ぐ。

まだ愛している。こんなにも。

だからこそ、サンシャン王にはリリーシャを心から愛し、幸せにしてもらわなければならない。

屋敷を出て近くの森に向かうと、手配していた馬車が待機しているのが見えた。リムノンは周囲を見渡してから素早く乗り込む。

そして、馬車は静かに走り出した。

◆　◆　◆

翌朝。グライフの王宮では、リムノンの失踪が早くも話題になっていた。

王女と引き裂かれた彼の心情を思い、貴婦人達はこぞって涙を浮かべる。

この国で最も美しかった王女リリーシャと、女性的な美貌から人気の高いリムノンが恋人同士なのは、周知の事実だった。だからリリーシャの結婚が決まった時、リムノンがどう動くのかと、誰もが注目したのだ。

国王が決めたことを一人の貴族が覆《くつがえ》すことなど不可能だ。王に逆らえば反逆者として処罰されることもある。

けれど事情をよく知る貴族は元より、噂程度しか知らない町の者ですら、リムノンがリリーシャと駆け落ちするという展開を期待していた。だからこそリリーシャの輿入《こしい》れが滞《とどこお》りなく済んだ時、やはり貴族の男なんて綺麗なだけで意気地がない、などと町の酒場で語られていたのだ。

だが、ここに来てリムノンが姿を消した。

誰にも行き先を告げず、第二王女宛ての手紙だけを残して失踪したのだ。

貴婦人達は世を儚《はかな》んで自《みずか》ら命を絶ったのではないかと涙ながらに囁《ささや》き合い、町の者達は恋人を奪い返すためにサンシャン王国へ乗り込んだのではないかと噂している。

リムノンがニーファ宛ての手紙を残したことは、あまり話題にならなかった。内容が励ましてくれたことに対する感謝の言葉だけだったせいかもしれない。

けれどニーファ本人にとって、リムノンが自分にだけ手紙を残してくれたことは、何よりも大切なことだった。姉に遠慮して言葉を交わすことすらほとんどなかったけれど、リムノンのことがずっと好きだったのだ。

そのニーファは王宮の自室で、一人考えごとをしていた。何度も読み返してすっかり内容を覚えてしまった手紙を、もう一度読み直す。

リムノンが自ら命を絶ったり、サンシャンに乗り込んだりするとは思えなかった。彼はそれほど愚《おろ》かではない。きっとリリーシャを忘れるために時間が必要なのだろう。

ニーファはようやく巡ってきたこの機会を、絶対に逃すまいと思っていた。遠慮しなければならない相手も、もういないのだ。

そう思った時、いつでも優しかった姉に対する罪悪感が湧いてくる。輿入れの前夜、リリーシャは一晩中、声を殺して泣いていた。

「でもお姉様、私はもう引き返せないの。だから、どうか許して……」

その面影を振り切るように頭を振ると、リムノンからの手紙を宝石箱に大切にしまい込む。

姉はきっと幸せではないだろう。愛する人と引き裂かれて他国に嫁いだだけでも不幸なのに、夫はこのグライフ王国を深く憎んでいるのだから。

そして自分も、たとえリムノンを手に入れたとしても、決して幸せにはなれない。わかっていても、彼を諦《あきら》めることはできなかった。

ニーファは部屋の中央に佇《たたず》み、思案する。

（リムノンは、必ず帰ってくる。そうしたら……）

不意に、窓から入り込んできた突風がカーテンを揺らした。

深紅のカーテンが大きく広がり、部屋が炎に包まれたような錯覚をもたらす。ニーファは少し青ざめながらもその幻想を頭から追い出し、宝石箱を衣装棚の一番奥に押し込んだ。

◆　◆　◆

リリーシャが寝室に閉じこもってから五日が経過した。ロイダーは政務を一段落させた後、彼女の部屋を訪れる。

見張りの人間以外はみな眠りについている時間なので、とても静かだ。

リリーシャの体調は少しずつ元に戻っているようだが、ロイダーの姿を見ると怯《おび》えてしまう。だから、こうして夜中になってから、そっと部屋を訪れるようにしている。

当初、彼女は医者すらも傍《そば》に寄せつけず、一人にしてほしいと言って泣き続けていた。だからロイダーは医者も含めたすべての人間の立ち入りを禁止し、食事を運ぶ時以外は一人にしてやるようにと侍女に命じている。

侍女のクーディアが、ロイダーが部屋に入ってきたのを見て静かに頭を下げる。

リリーシャは寝台の上で眠っていた。

その頬には、少し赤みが差している。二日前までは石膏《せっこう》像みたいに真っ白だったことを思い出し、ロイダーは安堵の溜息《ためいき》をついた。

その頬に触れたいと思ったけれど、リリーシャが目を覚ましたら、自分を見て怯えるだろう。

今、リリーシャに必要なのは休息だ。できるだけそっとしておきたい。

ロイダーは、月の光が差し込む窓を見やる。

その先にある庭園を見た途端、とある記憶が甦《よみがえ》った。

（アラーファ……）

忘れたわけではない。ただ、あえて思い出さないようにしていたのだ。

今から一年前。ロイダーは一人の女性を愛した。

結婚など政策の一つであり、国の利益になる人間を妻にするのが一番だと思っていた。

そんな自分が初めて愛したのは、当時敵対していた国の王女だった。

大陸の中央に位置するサンシャン王国には、リリーシャの出身国であるグライフ王国をはじめとして隣接している国が多い。

その中に、サンシャン王国とグライフ王国の両方に隣接している、ステイル王国という国がある。

グライフとステイルは領土を巡って長年争っており、サンシャンも貴重な鉱石を産出する鉱山の権利を巡ってステイルと対立していた。

グライフとサンシャンの両国を敵に回すのは、得策ではないと思ったのだろう。ある時、ステイルは和解を提案してきた。わずかではあるがサンシャン側にとって有利な条件だったので、この機会を逃す手はないと思ったロイダーは承諾《しょうだく》した。

その時、使者としてサンシャンを訪れたのが、ステイル王国の王女アラーファだった。ステイル国王と正妃との間には他に子どもがいないので、王位継承者である彼女が代理を務めていたのだ。

あまり華やかな女性ではなかったけれど、ロイダーは自分と対等に会話をする彼女の知性に惹《ひ》かれ、そして素朴で控えめな人柄を愛した。

サンシャン王国の国王と、ステイル王国の王位継承者の恋となれば、もちろん問題は山積みだった。けれど問題も障害もすべて承知の上で、ロイダーはアラーファを選んだ。

周囲を少しずつ説得し、ステイル国王に許しを請《こ》い、ようやく婚約まで辿《たど》り着いた。

彼女を迎え入れるために王妃の部屋と庭園を用意し、彼女の好きな薄紅色《うすべにいろ》の花を咲かせる木も植えた。

（あとは正式な日取りを決めるだけ。そう思っていた矢先に、あの事件は起こった……）

ステイルから早馬で届けられた報告が、幸せだった日々を跡形もなく打ち壊したのだ。

それはアラーファが行方不明になったという知らせだった。

捜索はステイル側に任せてほしいと言われたが、ロイダーは政務も手につかず、ただ彼女の無事を祈り続けた。

そんな日々が半年も続いた後、アラーファは無事に発見された。だが、それを知らせてくれた国王の手紙には、婚約はなかったことにしてほしいと書かれていた。

ロイダーは何度も使者を出したが、ステイル側からは何の返事もない。当のアラーファからも連絡は一度もなかった。

「んっ……」

眠っていたリリーシャが、わずかに身じろぎした。

彼女を起こさないようにそっと寝台から離れ、ロイダーは視線を再び庭園に向ける。

結局、アラーファがこの庭を見ることは一度もなかった。

(あの時諦《あきら》めていれば、これほどの絶望と憎悪を味わうことはなかったかもしれないな……)

ステイル王国で何が起こったのか。ロイダーは密偵に調査を命じ、逸《はや》る心を抑えて報告を待ち続けた。

そして明らかになったのは、アラーファの身に起こった悲劇だった。

ロイダーとの結婚を控えていたアラーファは、王位継承権を放棄する手続きなどを行《おこな》っていた。それが済めば、王位はアラーファの弟が継ぐことになる。彼は国王の愛妾《あいしょう》の息子だ。

けれどステイル国王の正妃——つまりアラーファの母は、愛妾の子が王位を継ぐことが、どうしても許せなかったらしい。

だから彼女はアラーファに恋していた貴族の男を唆《そそのか》し、泣いて嫌がる自分の娘と強引に結婚させてしまったのだ。

(彼女をそこまで駆り立てたものは、何だったのだろう)

ロイダーは遠いステイル王国に思いを馳《は》せる。

結局、ステイル王国との和解のために結んだ条約は破棄《はき》するしかなかった。一方的に婚約を破棄された以上、友好関係を保つのは難しい。ステイルとは今まで通り、鉱山の所有権を巡って争っていくことになるだろう。

グライフ王国から第一王女との縁談が持ち込まれたのは、その直後だった。

それとほぼ同時に、ステイルの動きを探らせていた密偵から、ステイル王妃を唆したのはグライフ王国の人間だと報告があった。

どうやらグライフの王女リリーシャがステイルとサンシャンの結び付きを阻止するために、そのように計らったらしい。

愛する人を失いやり場のない怒りを抱えていたロイダーに、憎悪の対象となりうる人物が現れたのだ。

彼はすぐにグライフに縁談を了承する旨を伝えた。

アラーファが味わったであろう絶望を、その身に思い知らせてやる。そんな暗い思いを胸に抱えて、リリーシャがこの国に来るのを待っていたのだ。

けれど、嫁いできたのは、想像とはまったく違う女性だった。

彼女とは以前、外交の場で一度だけ対面したことがある。その時、あまりの美しさに息を呑んだ記憶が、はっきりと思い出された。

神々《こうごう》しいまでの美貌。

そして、憂《うれ》いを帯《お》びた悲しげな瞳。

(こんな女性が、たとえ国のためとはいえ、一人の女性の人生を狂わせるようなことをするだろうか？)

憎しみに囚《とら》われていたロイダーですら、そう考えてしまうほどだった。

白い婚礼衣装が、その美しさをますます引き立てていた。大抵の男は彼女を手に入れるためならば、何もかも投げ捨てるだろう。

そう思ってしまったことが、アラーファへの裏切りになるような気がして、ロイダーはリリーシャから目を逸《そ》らした。

けれどあの夜も、唇を噛み締めて必死に耐えている彼女の姿を、ロイダーは見つめていた。

闇夜に映える銀色の髪が乱れ、白い肌を覆《おお》い隠そうとしていた。執拗《しつよう》な愛撫《あいぶ》によって薄紅色《うすべにいろ》に染まった身体は、心の奥に染みついた憎悪さえ忘れさせてしまいそうになる。

こんなにも美しい人が、本当に非道な企《たくら》みを主導していたのだろうか。

思わず心を奪われそうになって、ロイダーは首を横に振った。

(これは魔性の女だ。美しさと従順さで男を惑わし、思いのままに操ろうとしているのだ)

そう思い込んで、わざと乱暴に扱ったのだ。

アラーファがどんなに絶望したか、思い知ればいいと。

けれど、リリーシャは弱々しく震えて泣くだけだった。そして今も命をすり減らしているかのように、どんどんやつれていっている。

本当に彼女は何も知らないのではないか。

そう思ったからこそ、ロイダーは密偵に再び調査を命じた。

もし本当に、リリーシャが何も知らないのならば。恋人がいたという彼女の純潔を無理矢理奪った自分は、何と罪深いのだろう。

ロイダーは愚《おろ》かではないし、暴君でもない。

むしろ虚構だらけの世界の中で、真実を見極めることができる優秀な王だった。疑問を持って密偵に再調査を命じた時点で、リリーシャが何も知らないということはわかっていたのである。

けれど犯してしまった過《あやま》ちをなかなか認めることができず、明確な証拠を求めていた。

◆　◆　◆

数日後。リリーシャは、久しぶりに寝室を出た。

幾日も寝室にこもりっきりで過ごしていたリリーシャを、王宮の人々は無理に部屋から出そうとせず、落ち着くまで静かに見守ってくれた。

ロイダーの訪れも、あれから一度もない。

そのおかげで、傷付き怯《おび》えていた心が少しずつ落ち着いた。どんな傷も痛みも、いつまでも癒《い》えずに残ることはないのだろう。

リリーシャは窓から美しい庭園を眺める。

（ロイダー様には私よりも先に、王妃に迎えようとしていた女性がいた……）

もう半《なか》ば確信している。それはアラーファという名の女性であり、彼女がこの国に嫁ぐことができなかったのには、深い理由があるということを。

そしてその理由には――

(祖国グライフが関与しているのかもしれない)

リリーシャは溜息《ためいき》をつく。

そう考えれば、ロイダーが悲しみに満ちた瞳をしていたことにも、リリーシャに激しい憎悪を抱いていることにも納得がいく。

きっと彼はアラーファを深く愛していたのだろう。

突然奪われた愛がどれだけ深い傷跡を残すのか、リリーシャも知っている。だからこそ、ロイダーに対して憎悪を抱くことはできなかった。

(……それに)

もし本当に祖国が関与しているとしたら、ロイダーの憎しみは決して的外れなものではない。

リリーシャはグライフの王女でありながら、政治には介入していなかった。だからといって、何も知らなかったでは済まされないだろう。

祖国にいた頃は、ただ恋人との幸せな未来だけを思い描いていればよかった。

――けれど。

（私は王女として、自分の意思をもっとしっかり持つべきだったのよ……）

後悔が胸に押し寄せてくる。

これまで自《みずか》らの身を襲った悲劇を嘆いてばかりいたけれど、リリーシャさえしっかりしていれば、その悲劇を事前に防ぐことができたかもしれないのだ。

（もっと強くならなければ）

これまで父に守られていただけのリリーシャが、初めてそう決意した。


ロイダーと久しぶりに会ったのは、その夜のことだった。

夜中に目が覚めてしまったリリーシャは、もう一度眠ることを早々に諦《あきら》め、夜の庭園を歩いていた。

日中は気温が高いが、夜は少し肌寒い。けれどその冷気が肌に心地良くて、リリーシャは月明りだけを頼りにふらふらと歩いていく。

そのうち、庭園の奥へ辿《たど》り着いた。薄紅色《うすべにいろ》の花をつける木がたくさん並んでいる。

そこに黒い人影を認めて、リリーシャは足を止めた。

警備はしっかりしているので、不審者が入り込むとは思えない。

そっと近寄ると、リリーシャが想像していた通り、ロイダーがそこにいた。

木々が夜風にさわさわと揺れて、涼しげな音を生み出している。

静かな夜に響くその音に、リリーシャはほんの少し心を奪われた。

すると彼女の気配を感じたのか、ロイダーがこちらを振り向いた。そして月明りの下にリリーシャの姿を見つけて驚いた顔をする。

いつも冷静な彼が珍しく動揺していた。何かあったのだろうか。

(どうしよう……)

ここに留まるべきか、それとも離れるべきか。

ロイダーに対する恐怖はまだあるが、いつもとは違う彼の様子が気に掛かる。

その場から動かずにじっと見つめていると、彼はリリーシャから視線を外して、ぽつりと呟《つぶや》いた。

「……この木に咲く花が、とても好きな人がいた」

彼は少し悲しげな口調で言葉を続ける。

「彼女を愛していた。だから彼女に喜んでもらえるように、この庭園を造らせた。彼女はそれを喜んでくれて、花が咲くのを楽しみにしていた……」

静かに語られるのは、失われてしまった愛の記憶。

やはり彼にも愛する人がいたのだ。

あまりにも寂しげな口調だったので、同じ傷を持つリリーシャも心が痛くなる。

それほど愛していたのに、なぜ別れなければならなかったのだろうか。

「……私が、この国に来たから？」

リリーシャが思わずそう口にすると、ロイダーは驚いたように振り向く。そして悲しげな顔で首を横に振った。

「違う。真相はまだ不明だが、恐らくお前のせいではない。それがわからず、随分酷《ひど》いことをしてしまった。許してほしいなどと言うつもりはないが、それでも謝らなければと、そう思っていた」

「……」

彼から向けられていた憎悪。それは、やはり愛する人を奪われた絶望と悲しみに起因するものだったのだ。

きっとリリーシャを傷付けても、彼の心が晴れることはなかっただろう。それどころか、かえって深く傷付いていたのかもしれない。

ロイダーは今も、愛する人を失った悲しみから立ち直っていない。それでも自《みずか》らの過《あやま》ちを認め、こうして謝罪してくれている。

本来の彼は、やはり噂通りの名君なのだろうとリリーシャは思った。

この聡明な王を残酷な復讐者《ふくしゅう》に変えてしまうほどの悲劇があったのだ。ロイダーが愛した女性――アラーファは、どんな酷《ひど》い目に遭《あ》ったのだろう。

そのことにグライフが関与しているかもしれないという事実が、リリーシャの心を苦しめていた。

一体誰が、そんなことをしたのか。

リリーシャはロイダーに尋ねてみようとした。けれど、愛する人と引き裂かれる痛みを知る彼女には、それができなかった。そんなことをすれば、彼の傷口を広げることになりかねない。

月が暗雲に姿を隠し、唐突に暗闇が訪れる。

その闇の中で、リリーシャはそっと祈った。

どうか少しでも彼の心が安らぎますように、と。

第三章　真実の欠片《かけら》

あの夜の逢瀬《おうせ》から、数日が経過した。

例の件の調査には時間が掛かっており、まだ真相は明らかになっていない。

執務室で仕事をしていたロイダーは政務を放り出し、窓の外を眺めた。

ここ数日は何も手につかず、最低限の政務だけをこなして、それ以外の仕事は部下に任せている。いつもはすべての書類に目を通さなければ気が済まないのだが、今は例の件のことで頭がいっぱいだった。

真実が知りたい。

けれど、知るのが恐ろしい。

相反する思いに心が乱れ、頭を抱えていたところへ、密偵から報告が入った。

聞けばロイダーと同じく、例の件の真相を調べている男がいるという。

「その者の正体はわかりませんが、身なりからして上流階級の者と思われます。陛下に謁見《えっけん》したいと申しておりますが、いかがいたしますか?」

密偵に問われ、ロイダーは考えを巡らせる。

その男がこの国の貴族ならば、身元がわかるはずだ。恐らく他国の貴族なのだろう。しかし、他国の貴族が一体何のために、例の件を調べているのか。

何にせよ、見過ごすことはできない。

「連れてこい」

ロイダーは短く命じる。

その者に会ってみたい。そう強く思ったのは、彼が自分の知りたいことを知っているという予感がしたからだった。


数日後、密偵が件《くだん》の男を王宮の地下室に連れてきた。ロイダーは真実がどんなものであっても受け止める覚悟をして、一人その場所へ向かう。

地下室は窓がないため薄暗いが、内装は他の部屋とそう変わらない。何代か前の王が、秘密の愛人を囲っていた場所だと聞いている。そのせいか、地下への入り口は王宮の奥深くにあり、この部屋の存在を知る者はごくわずかだった。

地下室へ向かうための通路は王宮の外にも通じていて、非常時の脱出経路になっている。だが、逆に言えば外から王宮の奥深くに侵入できてしまうので、ロイダーはこの通路を王宮の門と同じくらい厳重に封鎖していた。

通路には足音が響くのを防ぐため、厚手の絨毯《じゅうたん》が敷かれている。普段は人の出入りが禁じられているので、絨毯にはうっすらと埃《ほこり》が積もっていた。

暗い廊下を、ロイダーは手に持つランプの明かりだけを頼りに進んでいく。

やがて、こぢんまりとした扉が現れた。ロイダーは音を立てずにその扉を開き、部屋の中に入る。

長い間、人の出入りがなかったせいで、空気が澱《よど》んでいる。とはいえ、空気の入れ換えをするための窓はない。少し思案してから、ロイダーは入り口の扉を開け放したまま中に入った。

太陽の光が届かないこの部屋は、明かりをつけてもどこか薄暗い。

彼は入り口で立ち止まり、部屋の奥に目を向けた。そこには二人の人物がいる。

一人は指示を出した密偵だ。その近くにあるソファーに座っているのが、例の貴族だろう。

その男は旅人が着るような丈の長い上着を着ていて、俯《うつむ》いているため顔はよく見えない。けれどこんな薄暗い中でもわかるほど肌が白く、金色の髪が煌《きら》めいている。

その優美な居住まいは、リリーシャを思い起こさせた。

（この者も、グライフ王国の出身なのかもしれないな……）

グライフへの憎しみが湧き上がってきて、ロイダーは拳《こぶし》を強く握りしめる。険《けわ》しい表情で近付くと、密偵がロイダーを庇《かば》うように間に立った。それによってロイダーが到着したことに気付いたらしく、例の男がゆっくりと顔を上げる。

一瞬、女性かと思った。

繊細《せんさい》な作りの顔は、綺麗という言葉が最も似合う。けれど、こちらを見上げる瞳は驚くほど鋭かった。

細い手足には何の力もないように見えるが、見た目で判断するのは危険かもしれない。

ロイダーは用心しながら向かい側のソファーに座った。

すぐ傍《そば》に立つ密偵が、耳元でそっと囁《ささや》く。

「……グライフ王国の者のようです」

その国名を聞くだけで、失った愛を思い出して心が軋《きし》む。ロイダーが感情を押し殺して男に視線を戻すと、こちらを真っ直ぐに見ていた彼と目が合った。

「あなたに伝えたいことがある」

ゆっくりと紡《つむ》がれる言葉。少し掠れた声には色々な感情が込められているように感じられた。

ロイダーは彼の正体を問いただすことなく、ただ頷く。

やはり、この男はすべてを知っている。何者かは、聞かなくともいずれわかるだろう。

「あなたとステイルの王女の婚姻を妨害したのは、グライフ王国の者です。あなたも密偵から、そのような報告を受けていることでしょう。けれど、その密偵は嘘をついている。ある人物がその密偵を買収し、自分にとって都合の良いことだけをあなたに報告させたのです」

「……何？」

ロイダーは眉を寄せて聞き返した。

最初に報告してきた密偵は、父王の代から王家に仕えていて信用できる人物だった。だからこそこの件の調査を命じたのだ。彼がグライフに買収されたと聞いても、すぐ信じる気にはなれない。

「そんなことが」

――あるはずがない。

そう言おうとしたが、ふとあることに気付き、ロイダーは口を閉ざした。例の密偵はその報告をした直後、高齢を理由に引退しておりその後の消息は知れない。

「その密偵は今、グライフ王国にいる。相当の謝礼金を受け取ったようで、貴族にも劣らない暮らしぶりだ」

そんなはずがないと思いながらも、やはりロイダーには否定できなかった。

もし密偵が嘘をついていたならば、その嘘とは何なのか。

「奴の報告の、どの部分が嘘だったと？」

「彼はリリーシャがすべての元凶だと告げたでしょうが、それは嘘です。……リリーシャは何も知らない。ただ利用されただけだ。彼女には、何の罪もない」

鋭い光を宿した目が、リリーシャの名前を口にする時だけ、切なげに細められる。しかも、彼は王女であるリリーシャを名前で呼んだ。

（そうか。彼が……）

彼がリリーシャの恋人だったのだ。

愛する彼女の不幸を見過ごすことができなくて、危険を顧《かえり》みずにこの国へ単身やってきたのだろう。

けれど彼の言葉だけでは、彼女の無実は証明されない。

ロイダーは隣に立つ密偵に視線を向けた。

彼は元同僚が嘘の報告をしていたことにショックを受けている様子だったが、まだ少し動揺しつつも頷く。

「この者の証言を裏付けるために我々も調査しましたが、確かにリリーシャ様は何もご存じないようです。アラーファ様の存在すら、ご存じなかったでしょう」

この密偵は決して不用意な発言をする男ではない。きっとリリーシャがアラーファを知らなかったということについても、裏を取ってあるのだろう。

先日、ロイダーが思わずアラーファの名前を口にしてしまった時の、リリーシャの反応を思い出す。あれは演技ではなく、自然な反応だったのだ。

それなのに、ロイダーは彼女をあんなにも手荒に扱い、激しく責め立ててしまった。

（やはり彼女は何も知らなかったのか……）

ロイダーの胸に罪悪感が広がる。

リリーシャが無実だったならば、自分の行為は今回の企《たくら》みの主謀者がやったことと同じくらい卑劣《ひれつ》なものだ。何の罪もない女性に乱暴を働き、精神的に追い詰めたのだから。

償《つぐな》わなければならない。けれどその前に、主謀者に裁《さば》きを——

「彼女でないとすれば、主謀者は誰だ？」

「……リリーシャを売り渡した国など、あなたが何もせずともいずれ滅びます」

男は言葉を濁《にご》したが、その声は驚くほど冷酷だった。

微笑んでいれば天使のようであろう美貌が、今は悪魔のように冷たく研ぎ澄まされている。

ロイダーは愛する女性を奪ったグライフ王国を憎んでいる。その憎しみは薄れることはあったとしても、きっと生涯消えることがないだろう。目の前の男は、それと同じくらいの憎悪を、祖国であるグライフに対して抱いているのだ。

いや、彼の憎しみの方が勝っているかもしれない。そうでなければ、母国がいずれ滅ぶなどと、容易に口にできるものではない。

どんなにグライフが憎くても、国王の立場で考えると、戦争を仕掛けようという気にはなれなかった。グライフには、何の罪もない国民が何万といるのだ。彼らの尊《とうと》い命を個人の感情で左右することなど、決して許されない。

だが、もしこの男が必要な力を手にすれば、容易にグライフを滅ぼしてしまうだろう。

危険だと、ロイダーは思った。

目の前にいる美貌の青年が、世界を滅ぼす魔王のように見える。

憎しみは、ここまでたやすく人の心を壊すものなのか。

自分の中にも確かに存在していたそれが、今はとても恐ろしいものに思えて、ロイダーは彼から目を背《そむ》けた。自分も復讐《ふくしゅう》を求め続ければ、いずれ彼のようになってしまうかもしれない。

けれど、自分には王としての使命がある。

この国を繁栄させて国民を守り、正統な血筋を引く子どもに引き継ぐ。それは王になる者として生み育てられた自分の使命であり、生きている意味でもあった。

それなのに、もう少しですべてを投げ出してしまうところだった。

「……あなたなら、気が付くと思った」

ロイダーの心の変化を察したのか、男の冷酷な瞳が穏やかで優しいものに変わる。

その優しさは、きっと彼が本来持っていたものであり、今ではもうほとんど失われてしまったものなのだろう。

「あなたは生まれながらの王だ。復讐のためにすべてを投げ捨てることなどできないでしょうし、そんな必要もない。もうグライフのことは忘れて、あなたの守るべき者の中にリリーシャを加えてほしい。彼女は、それだけの価値がある女性だから」

「なぜ俺に彼女を託す？」

ロイダーは思わず口にしていた。

男にしてみれば、自分は愛するリリーシャを奪った人間――つまり憎しみの対象ではないのか。

それなのになぜ、闇に染まった自分の姿を見せて復讐を思いとどまらせた上、誰より

も大切な女性を託すような言葉を残すのだろう。

「……恋人を奪われる悲しみを知るあなたを、同じ感情を持っている私が責めることなどできません。リリーシャは既《すで》にあなたの妻であり、サンシャン王国の正妃。もし彼女に対してわずかでも罪悪感を覚えているのなら、彼女がこれ以上泣かずに済むよう、大切にしてほしい。私の願いはもう、リリーシャの幸せだけですから」

そう言うと、彼は優雅な仕種《しぐさ》で立ち上がった。

ロイダーに会いに来たのは、この話をしたかったからなのだろう。

主謀者の名前を、彼はとうとう口にしなかった。けれど、ロイダーにはもう追及するつもりはなかった。

密偵が問うような視線を向けてくる。このまま彼を帰してもいいのか、ということだろう。

主謀者は誰かと問い詰める気はないが、男がこれからどうするつもりなのかは気になる。ロイダーがその疑問を投げ掛けると、彼はゆっくりと振り向いた。

「もう大切な人はいないし、守るべきものもない。だから、自分のしたいことをする。それだけです」

背筋が凍りつくような冷酷さが、その瞳に戻っていた。彼は光に背を向け、闇に足を踏み入れることを選んだのだろう。
それだけを言い残し、男は暗い廊下へ消えていく。煌《きら》めく金色の髪だけが、最後まで
その存在を主張していた。
彼が何をしようとしているのかは、ロイダーにもわからない。けれど、止めるべきか
もしれないという思いが胸に湧き起こる。憎しみの果てに待っているのは、きっと破滅
しかないからだ。
だが、同類である自分が何を言っても、彼を止めることはできないだろう。
ロイダーは静かに目を閉じて、去りゆく彼の足音を聞いていた。
――どうかリリーシャを幸せに。
最後まで名乗ることすらしなかった彼の、祈りにも似た願い。
復讐《ふくしゅう》の先には闇しかないことを教えてくれた彼は、かつて愛した人の幸せを願うこ
とも教えてくれた。
今を生きていくために、過去はもう過去にしよう。
胸の傷跡はまだ痛むけれど、前を向いて歩かなければならない。
ロイダーも立ち上がり、地下室を後にした。

◆　◆　◆

リリーシャは静かに、穏やかに日々を過ごしていた。

季節は巡り、庭園に咲く花が、もう夏のものになろうとしている。

ロイダーから真っ白な小さな子猫を贈られたのは、そんなある日のことだった。

ローニャと一緒に訪ねてきたミラが、自分の飼っている猫を連れてきてくれたのだ。

祖国で小さな猫を可愛がっていたリリーシャは、久しぶりの柔らかな感触にすっかり夢中になってしまった。

そしてクーディアを通して、猫を飼ってもいいかとロイダーに尋ねてみたのだ。きっと快《こころよ》く許可を出してくれるだろう。

そう思い、部屋を駆け回る子猫を想像して微笑んだリリーシャは、はっとした。すっかりロイダーを信用している自分に気付いたからだ。

冷たく見えるほど、いつも冷静な彼。けれど、あの憎しみの深さは、ロイダーがそれだけ愛情深い人間だという証拠でもある。

何より自《みずか》らの非を素直に認め、誠実に謝罪してくれた人を恨むのは、とても難しかった。

そして、翌日。

「ロイダー様から贈り物です」

部屋にやってきたクーディアは、真っ白な子猫を抱いていた。

「まぁ……」

首に薄桃色のリボンをつけた子猫は、大きな青い瞳でリリーシャを見上げている。その愛らしさに顔を綻《ほころ》ばせ、リリーシャは夫からの贈り物を抱き締めた。

（まさか、こんなにすぐ贈ってくれるなんて……）

人懐《ひとなつ》っこくて甘えん坊な子猫を、リリーシャはすっかり気に入った。手に傷が付いたら大変だと慌てるクーディアの言葉も聞かずに可愛がっている。

白い子猫はとても元気だった。毎日、部屋の中を駆け回り、時に窓から脱走してはリリーシャを心配させている。けれど、今まで物寂しいくらい静かだった王妃の部屋から、時折笑い声が響くようになった。

「まあ、駄目よ。そんなことをしたら」

レースのカーテンによじ登ろうとした子猫を、リリーシャは慌てて抱き上げた。

首に巻いたリボンにさえじゃれついてしまうほど落ち着きがなく、少しでも目を離すと冒険に出てしまうので大変だった。この間はクローゼットの中に潜《もぐ》り込んでしまい、ドレスの中から探し出すのにとても苦労した。

「本当に元気な子ですね」

お茶を入れてくれたクーディアが、リリーシャの腕の中の子猫を見てくすりと笑う。

「ええ、もう毎日大変だわ」

そう言いながらも嬉しそうに微笑み、白い毛並みに頬を寄せるリリーシャ。

子猫が来てから毎日慌ただしいせいか、夜眠れないことがほとんどなくなった。子猫の柔らかな毛並みを撫でていると、心が安らぐのだ。

過酷な体験をしたリリーシャを宥《なだ》めるように、穏やかな時間が過ぎていく。


そんなある日、ローニャが訪ねてきた。

グライフに何かと縁《ゆかり》のある彼女をリリーシャは気に入り、よくこうして部屋に呼び寄せている。そしてローニャの方も、王妃に直接指名されて嬉しそうだった。年頃の少女らしく、王族に憧れる気持ちが強いのだろう。

お茶を飲みながら世間話をした後、リリーシャは最近祖国について何か聞いたことはないかと、ローニャに尋ねてみる。

すると、彼女は明らかに狼狽《ろうばい》した様子を見せた。

カップを取り落としそうになり、リリーシャに慌てて謝罪する。

まだ幼さが残るローニャだが、王妃の話し相手に選ばれただけはある娘だ。礼儀作法がきちんとしていて、どんな時も落ち着いている。

そんな彼女がこれだけ動揺してしまうほどのことが、あの国で起こっているのだ。

「……何かあるのね？」

詰問《きつもん》みたいにならないよう静かに尋ねると、ローニャは俯《うつむ》く。

そして何度か躊躇《ためら》った後、ようやく答えた。

「あの……、ニーファ様が婚約したという話を聞きまして……」

「まぁ、ニーファが？　一体誰と……」

リリーシャは驚くと同時に、予想していたような悪い出来事ではなかったことに安堵する。

妹の夫は、将来グライフ国王になる。引っ込み思案の妹には恋人がいたことがないので、きっと父が決めた結婚相手なのだろう。たとえそうだとしても、めでたいことには違いない。

けれど、なぜかローニャは話しにくそうに口を開く。

「それが……」

彼女の口から聞かされたのは、リリーシャのかつての恋人、リムノンの名前だった。

（リムノン……どうして？）

リリーシャは彼から贈られた宝石に、無意識に触れる。目の前が暗くなっていくような気がして、思わずふらついた。

「リリーシャ様？」

侍女のクーディアが慌てて背後から支えてくれる。

「……大丈夫です。少し驚いただけですから」

自分のせいだと思ったのか、泣き出しそうな顔をしているローニャ。彼女を安心させるために微笑みつつも、リリーシャは激しく動揺していた。


心が落ち着かないまま、夜が来る。

リリーシャは心を静めようと、庭園を散策していた。

冷たい夜風が銀色の髪を乱す。腕に抱いた子猫は風に揺れる木の葉に向かって、小さな前脚を力一杯伸ばしていた。

その可愛らしい仕種《しぐさ》に、リリーシャの心が和《なご》む。けれど、すぐに昼間聞いた話を思い出してしまう。悲しみとも苦しみともつかない複雑な感情が胸に渦巻《うずま》いていた。

「今夜は風が冷たい。あまり長く外にいると、身体を壊してしまうぞ」

ふと聞こえた声に顔を上げると、ロイダーが立っていた。彼は一人で星空を見上げている。

「あ……」

リリーシャは不意をつかれて立ち止まった。

時折、こうして庭園で顔を合わせることがある。

だが、最近は余程近くに寄らない限り、恐怖を感じることはなくなっていた。彼もリリーシャを怖がらせまいと、意識して距離を取ってくれているのがわかる。

そんなロイダーの心遣いのおかげで、リリーシャの心の傷は徐々に癒《い》えていた。

「はい。すぐに戻ります。妹の婚約が決まったそうなので、何かお祝いをしなければと考えていたのです」

ロイダーもその話を既《すで》に知っていたのだろう。まだグライフに対して思うところがあるせいか、少し複雑な表情を浮かべながらも、彼は小さく頷いた。

「次期王位継承者が決まったのだから、グライフ王国でも盛大に祝うことだろう。友好国の慶事《けいじ》となれば、我が国としても祝福しなければならないな」

そこで一度言葉を切り、彼はリリーシャを見つめる。

「お前は、あまり喜んでいないように見えるが」

「――っ！」

びくりと身体を震わせ、俯《うつむ》くリリーシャ。そんな彼女に、ロイダーは優しく尋ねた。

「何か理由があるのか？」

何もかも打ち明けてしまいたくなり、リリーシャは唇を噛み締める。

「リリーシャ？」

心配そうな声に顔を上げると、ロイダーがすぐ近くにいて、こちらを覗き込んでいた。

「具合が悪いのか？」

あの夜以降、彼とこんなに接近したことはなかった。けれど、リリーシャの身体は恐怖に強張《こわば》ったりはしない。彼女は手を伸ばし、ロイダーの腕に縋《すが》りついた。

弱った心を優しく労《ねぎら》ってくれる彼を、恐れる理由などない。

「大丈夫だ」

縋りついてきたリリーシャを、ロイダーは何も聞かずに受け止めてくれた。

「何も心配することはない。俺は、お前を守ると誓ったのだから」

銀色の髪をそっと撫でられ、リリーシャは心地良さに目を細める。

きっと本来のロイダーは、こんな風に優しく穏やかな人間なのだろう。

彼の温もりに包まれながら、リリーシャは決意する。

（もう過去は振り切ろう）

愛した人が妹と幸せになるのなら、祝福しなければならない。

リリーシャは最後に一度だけリムノンの顔を思い浮かべ、心の中で別れを告げた。

ニーファとリムノンに、心からの祝いの言葉を贈ろう。

そして今度こそ、この恋を終わりにしよう。

この切ない気持ちもいつかきっと、思い出に変わる日が来る。

その夜、リリーシャはリムノンから贈られた宝石を、たくさんの思い出と共に、宝石箱にしまい込んだ。

◆　◆　◆

その翌日のことだった。

領内を視察するため王宮を離れていたロイダーのもとに、リリーシャが倒れたという知らせが届く。それを聞いたロイダーは視察を中断し、急いで王宮に戻ることにした。

最近は体調が良かったはずだし、今朝は笑顔も見せてくれた。それなのに、一体何があったのだろう。

（やはり詳しく聞いておくべきだったか……）

妹の婚約を知ったリリーシャの、あの悲しげな様子が脳裏に甦《よみがえ》る。

自《みずか》ら馬を走らせたい気持ちを抑え込み、ロイダーは馬車を急がせた。

この強い想いが彼女に対する罪悪感だけではないと、もうとっくに気が付いている。

どんなに穢《けが》されても色褪《いろあ》せることのない美しさが——己《おのれ》の罪を赦《ゆる》し憎悪さえも受け止めてくれる優しさが、いつしか心の傷を少しずつ癒《い》やしてくれていた。

美しいのは外見だけではない。あの清らかな魂《たましい》こそが、彼女の一番の価値なのだ。

（……リリーシャ）

王宮に到着したロイダーは足早に廊下を進み、人払いをしてから王妃の部屋に入る。

そんな彼を、真っ青な顔をしたクーディアが迎えた。

「昼頃、リリーシャ様宛てに手紙が届いたのです。それをお読みになった途端……」

リリーシャは顔面蒼白になって倒れたという。

ロイダーは急いで彼女の寝室へ向かう。

寝台に横たわるリリーシャはひどく青ざめ、震えていた。そしてロイダーの姿を認めると、真っ赤になった目から涙を零《こぼ》した。

「何があった？」

あまりにも痛ましい姿だったので、彼女の身内に不幸があったのかとロイダーは思った。けれど身体を起こしたリリーシャが震える声で口にしたのは、謝罪の言葉だった。

「……ごめんなさい。私の……私の妹が、あなたの婚約者に酷《ひど》いことを……」

それだけを告げると、リリーシャは力尽きたように倒れ込む。それをしっかりと両腕で支えながら、ロイダーはすべてを悟った。

（グライフの第二王女、ニーファ……）

すべては彼女の企《たくら》みだったというのか。

ロイダーは眉を顰《ひそ》め、リリーシャをそっと寝台に横たえる。そして、その青白い頰に触れた。

ようやく甦《よみがえ》ってきた微笑みが、また失われてしまった。

どうして彼女ばかりがこんな目に遭《あ》うのかと、ロイダーの胸に怒りが沸《わ》き上がる。

けれど自分も、リリーシャの身に災厄を引き起こした人間のうちの一人だ。他の者を責める資格などないのかもしれない。

それでも彼女の心労を思うと、怒りを抑えることができなかった。

ふと、かさりという音がした。

ロイダーが足下を見ると、一通の手紙が落ちている。恐らくリリーシャが倒れた時に取り落としたものだろう。

「この手紙は誰から？」

「……リリーシャ様がグライフ王国にいた時、とてもお世話になった人からだそうです。懐かしいとおっしゃって、嬉しそうに受け取られたのですが……」

今にも泣き出してしまいそうなクーディアの言葉を聞きながら、ロイダーは手紙を拾い上げた。

（もしや密告か？）

この中に、真相が記《しる》されているのかもしれない。

他人の手紙を勝手に読むのは許されないことだが、その内容をリリーシャの口から語らせるのはあまりにも酷《こく》だろう。そう思い、ロイダーは手紙を開いた。

几帳面な文字でびっしりと綴《つづ》られていたのは、大人しいと評判だった王女ニーファの、本当の姿についてだった。

母である王妃が亡くなってから、ニーファが政治に介入し始めたこと。

ロイダーとアラーファの婚姻が成立した場合、グライフ王国が危機に陥《おちい》ると考えたニーファが、今回の件を仕組んだこと。

そして、それは単に国のためを思ってのことではなく、リリーシャの恋人だったリムノンを手に入れるためでもあったのだろうということが書かれていた。

ロイダーは手紙を閉じ、涙に濡れたリリーシャの顔を見つめる。

（ニーファ王女か……）

これで黒幕がはっきりした。

すべてを操っていたのはリリーシャではなく、グライフ王国のもう一人の王女だったのだ。

見ず知らずの他人ならばともかく、ずっと一緒に育ってきた実の姉すらも、盤上《ばんじょう》の駒《こま》のように扱うとは。

きっと彼女は恐るべき策略家だ。だが、少しも尊敬はできない。

もしこれが個人の感情とは一切関係なく、完全に国のためだけを思ってやったことならば、ロイダーの考えは違っていただろう。

けれど、姉さえいなくなればその恋人が手に入ると考えてやったのであれば、とんでもない愚《おろ》か者だ。

いくら国のためという大義名分を掲《かか》げたところで、彼女は私利私欲のために国を利用したのである。そんな王女が実権を握る国など、いずれ傾くだろう。

『リリーシャを売り渡した国など、あなたが何もせずともいずれ滅びます』

ふと脳裏に甦《よみがえ》ったのは、恐ろしいほどの美貌を持つ、あの青年の言葉だった。静かな眼差しに隠された憎しみを、ロイダーは鮮明に思い出す。

ニーファが婚約したのは、リリーシャの元恋人。そして彼は、王女と婚約したことによって、グライフの次期国王候補となった。

（そうか。彼が）

手紙に記《しる》されている次期グライフ国王の名は、リムノン。隠された地下室で対面した、あの金髪の青年だろう。誰よりもグライフを、そしてすべての元凶であるニーファを憎んでいるはずの彼が、なぜその婚約者となったのか。

（それは愛ゆえではない……）

リムノンがニーファを愛することなど、絶対にないだろう。

この婚約は、愛する人を奪われたリムノンによる復讐《ふくしゅう》の幕開けだ。

もう守るべき者も大切な人もいない。だから自分のしたいことをする。彼はそう言っていた。

自分に恋するニーファを利用し、グライフ王国に復讐することがリムノンの望みなのか。

これが、憎しみに染まった魂《たましい》の行き着く先なのか。

ロイダーはやりきれない気持ちになり、手紙を近くにある机の上に置いた。

少し前まで、自分もグライフ王国を激しく憎んでいた。リムノンの憎しみを一番深く理解できるのは、恐らく自分だろう。

(けれど、リリーシャはどうなる?)

すべては妹の策略だったと知り、心労で倒れてしまった彼女。更に、恋人が復讐《ふくしゅう》のためだけに妹と婚約としたと知ったら、一体どうなってしまうのか。

ロイダーは手を伸ばし、リリーシャの銀色の髪をそっと撫でる。優しい彼女がリムノンの計画を知ればどんなに傷付くか、元恋人である彼がわからないはずはない。

(……ああ、そうか)

ロイダーは片手で額を覆《おお》い、目を固く閉じる。

——だからリムノンは、リリーシャを自分に託したのか。

リリーシャを守ってほしいと、彼は言っていた。それだけの価値がある女性だから、とも。

確かに、彼女は心根の美しい女性だ。そして今はサンシャン王国の王妃——つまりロイダーの妻でもある。妹王女の策略を知った今も、リリーシャを守りたいという意思は少しも揺るがない。

だが、彼女をこれ以上傷付けないためにも、リムノンの動きをこのまま見過ごすことはできなかった。

ロイダーはクーディアにリリーシャを託すと、執務室に戻る。そして、人払いをしてから密偵を呼び寄せた。その密偵に、リムノンの動向を探るよう命じる。

今ならまだ間に合うかもしれない。

自分の罪を償《つぐな》うためにも、できるだけのことはするつもりだった。

◆　◆　◆

翌朝、リリーシャはようやく目を覚ました。

（……私、どうしたんだろう）

ベッドから出ても、まだ頭がぼんやりしている。現実を受け入れることが怖くて、考えることを拒否しているのかもしれない。

強い風が吹き、窓枠がガタガタと音を立てる。

そちらに何気なく顔を向けると、美しく整えられた庭園が見えた。

ロイダーが、かつての婚約者のために作ったものだ。そう思った時、また涙が溢《あふ》れてきて、リリーシャは俯《うつむ》く。

妹がやったことは、国を守るために必要なことだったのかもしれない。けれど、それによって不幸になってしまった人達がいる。

あの手紙によれば、ニーファはリムノンにずっと好意を寄せていて、そのために邪魔な自分を他国に嫁がせたのだという。

だが、リリーシャとしては裏切られたという思いよりも、妹のことを何も知らなかったという悲しみの方が大きかった。

人見知りで、表に立つことをあんなにも嫌っていたニーファが、裏でグライフ王国を操っていたとは。

父がリリーシャを無理矢理嫁がせたのも、妹に政治を牛耳《ぎゅうじ》られていたからなのだろうか。

リムノンは、そんなニーファを愛したのだろうか。

「目が覚めたか？」

ふと、リリーシャの背中に温かい手が添えられた。

振り返ると、ロイダーが背後に立っている。リリーシャは思わずその手に縋《すが》りついた。

「ごめんなさい……」

「謝る必要などない」

「でも――」

リリーシャの言葉をやんわりと遮《さえぎ》り、ロイダーは彼女の手に何か柔らかいものを渡した。

リリーシャが視線を下ろすと、あの小さな白い子猫が心配そうに見上げている。柔らかな毛並みを撫でていると、段々心が落ち着いてきた。

「もう少し休ませた方がいいとわかってはいるのだが、少し話をさせてくれ。どうしたらあの国を救えるか、考えなければならない」

「え？」

ロイダーの言葉の意味がわからず、リリーシャは問い返す。

彼は静かな声で答えた。

「リムノンを止めなければ。今回の婚約は、恐らく彼の計画だ」

「どうしてリムノンのことを？」

リリーシャは目を丸くする。ロイダーはリムノンのことを知らないはずだ。

すると、ロイダーはこの城の地下で彼と密会したことを話してくれた。

「あの時は、彼がリムノンという名前だということは知らなかった。彼は俺に真実だけを伝え、リリーシャを守ってほしいと言い残して去ったんだ」

「リムノンが……」

すべてを企《たくら》んだのがニーファだと、リムノンは知っているのだろうか。

もし知っているとすれば、なぜ彼女の婚約者となったのか。

「その時、主謀者が誰なのかは教えてくれなかった。けれど、既《すで》に知っていたのだと思う。俺と同じ――いや、それ以上にグライフ王国を深く憎んでいたからな。グライフはいずれ滅びる……最後にそう言っていた」

「滅びる……?」

急に手足が冷えたように感じて、リリーシャは両手を固く握り締めた。

どうしてリムノンは、そんな恐ろしい言葉を口にしたのだろう。

「グライフを憎んでいるのならば、なぜニーファと婚約など……」

「ニーファがすべての元凶だと知っているとすれば、彼女に近付いたのは復讐《ふくしゅう》のためだと思う」

「……そんな」

急に、世界が暗転したような気がした。

ふらついたリリーシャの身体を、ロイダーがしっかりと支えてくれる。

二人の婚約を祝福しなければならないと思っていた矢先に、告げられた真実。それはリリーシャにとって、あまりにも残酷なものだった。

「こんな真実は知らせたくなかった。だが、彼と同じくらいグライフを憎んでいた俺の言葉では、リムノンを止められない」

苦渋に満ちた声で、ロイダーは告げた。

彼も、かつてはグライフを激しく憎んでいた。それなのに、リムノンだけではなく、あの国まで救おうとしてくれている。

リリーシャは子猫を寝台の上に置くと、再び両手を固く握り締めた。

「……グライフを許してくださるのですか？」

「俺も誤解していたとはいえ、お前に酷《ひど》いことをした。……グライフを責める資格など、俺にはない」

伏せられた瞳が、ロイダーの苦悩の深さを窺《うかが》わせる。それは今もなお、その胸を苛《さいな》んでいるのだろうか。

リリーシャは、彼の悲しげな瞳を初めて見た時の切なさを思い出し、胸が締め付けられる。

自分にはグライフを責める資格などないと彼は言うが、原因を作ったのはグライフの方だ。それでもあの国を救おうとしてくれている彼に触れたくなり、リリーシャは手を伸ばす。

驚いたロイダーが身じろぎする。それに構わず、リリーシャは彼の胸にそっと手を添えた。掌《てのひら》から、彼の温もりが伝わってくる。もう少しも怖くない。

彼があれほどの行為をするに至ったのはグライフのせいなのだから、リリーシャが「許す」と言うのは少し傲慢《ごうまん》かもしれない。

けれど、きっとロイダーには必要な言葉なのだ。リリーシャがそれを言わなければ、彼はこれからもずっと自分を責め続けるだろう。

だから、あえて言葉にすることにした。

「グライフを許してくださるのならば……私も、あなたを許します。だから、もうあのことで思い悩むのはやめてください」

そう告げたリリーシャの手は震えていない。もう彼を恐れていないと伝わるはずだ。

「触れても……いいのか？」

リリーシャはこくりと頷く。

すると、ロイダーの腕がゆっくりと持ち上がり、躊躇《ためら》いがちにリリーシャの背に触れた。

傷付いた彼の心を抱き締めてあげたい。そんな気持ちがリリーシャの胸に宿っている。

「私はこの国の王妃であり、あなたの妻です」

「だが、この婚姻は……」

確かに、この婚姻は仕組まれたものだった。けれど、ロイダーの優しさに触れて、その傷付いた心を知って、リリーシャは決意を固めていた。

「私はもう、この国で生きると決めたのです。あなたの傍《そば》で」

リリーシャを抱き締める腕に力が込められる。痛いくらいの抱擁《ほうよう》から、彼の溢《あふ》れんばかりの愛情を感じ取ることができた。

あの最初の夜とは、何かもかもが違う。

リリーシャの心も、あの時とは違っていた。

「そう言ってくれるのか。……ありがとう」

ロイダーはリリーシャの顎《あご》に手を添え、優しく上向かせる。そして頬を伝う涙に、そっと唇を寄せた。

リリーシャは目を閉じる。

優しくて、温かい。

心を通わせた人との触れ合いは、こんなにも心を癒《い》やしてくれる。

「んっ……」

不意に唇が重ねられ、リリーシャは思わず声を上げた。身体の奥が痺《しび》れて、溶けてしまいそうになる。

優しく触れるだけだった口付けは、徐々に激しくなり、吐息すら奪い尽くしてしまうかのようだ。舌が絡み合い、くちゅりという湿った音が響く。

足から力が抜け、立っていることができなくて、リリーシャはロイダーに縋《すが》った。

すると、銀色の髪を優しく梳《す》いていた指が、首筋を辿《たど》って下りていく。

「んっ……！　ああ……」

肩を撫でられ、更に力が抜けてしまう。リリーシャは自力で立つことを諦《あきら》め、ロイダーの胸に身を預けた。

ふわりと身体が浮き上がる。リリーシャを抱き上げたロイダーは、そのまま彼女を寝台の上に横たえた。覆《おお》い被さるような姿勢で銀色の髪を撫で、額や頬、そして唇に、触れるだけの口付けを繰り返す。

彼の唇が触れた部分が、熱を持っている。リリーシャは胸の鼓動が速くなるのを感じた。酸素を求めて唇を開くと、それを待っていたかのように深く口付けられる。

「はぁ……。ああ……」

いつの間にか衣服が緩められ、露《あら》わになっていたリリーシャの胸に、ロイダーは顔を埋《うず》めた。

「ああっ！」

思わず声を上げたリリーシャを、ロイダーは愛しげに見つめる。そして柔らかな胸の膨《ふく》らみに指を這《は》わせた。

先端を舌先で転がしながら、反対側の膨らみを指で丹念に揉《も》み上げる。すると、リリーシャの薄紅色《うすべにいろ》の唇から艶《つや》めいた声が上がった。

雪のように白かった肌を淡く染め、素直に反応する身体を愛撫《あいぶ》しつつ、ロイダーはリリーシャの表情を注意深く観察する。

怖がってはいないか。嫌がってはいないか。

彼女の美しい肢体に心を奪われながらも、もう二度と傷付けないという誓いを守ろうとしていた。

そんな彼の様子に気付いたリリーシャは、両手をロイダーの首に回し、その身体を抱き締める。

予期せぬ行動だったので、ロイダーはバランスを崩してリリーシャの上に倒れ込む。

彼女を押し潰してしまってはまずいと思い、ロイダーは慌てて身体を起こそうとしたが、リリーシャはしがみついたまま離れなかった。

「リリーシャ?」

「私は、大丈夫です」

「だが……」

まるで壊れ物を扱うように優しく触れる手は、彼の愛情を充分に感じさせてくれた。けれど、リリーシャはそれだけでは物足りない。

「今の私は、もう何も怖くありません。だから、あなたとちゃんと愛し合いたい……」

一時の感情に身を任せる恋人同士ではない。二人は、生涯を誓い合った夫婦なのだ。

その言葉を噛み締めるかのように、ロイダーは目を閉じていた。やがて目を開けると、リリーシャが差し伸べた手を握り、そっと口付ける。

ありがとう、と彼が小さく呟《つぶや》いたのが聞こえた。

その時、ロイダーが見せた微笑みは、とても穏やかで幸せそうだった。それを見た途端、リリーシャは泣き出したいほど切ない気持ちになってしまう。

背中に回されていたロイダーの手が、リリーシャの裸の背をなぞる。

「んっ……。ああ……」

寒気にも似た快感が背筋を駆け抜け、リリーシャはロイダーを抱き締めていた腕を離した。すると、ロイダーの手が愛撫《あいぶ》を再開する。

背中から脇腹を通って胸に辿《たど》り着き、その膨《ふく》らみに両手で触れた。そして指を蠢《うごめ》かせ、柔らかさを堪能する。

つい先程まで愛撫されていたために、胸の蕾《つぼみ》は既《すで》に硬く尖《とが》っていた。そこを指の間に挟まれるだけで、全身がびくびくと反応してしまう。

自身の指の間で恥ずかしそうに震える薄桃色の突起を、ロイダーは唇で挟み、舌先で転がした。ぴちゃりという音が耳朶《じだ》を打つ度に、リリーシャは身を捩《よじ》る。

そんな彼女に追い打ちをかけるかのように、ロイダーは反対側の突起を指で摘《つ》まんで転がした。更に口に含んでいる方の突起に、強く吸い付く。

リリーシャはたまらず甘い声を上げてしまった。

「ああっ！」

もう、無理に声を押し殺そうとはしなかった。羞恥心《しゅうちしん》がなくなったわけではないけれど、ロイダーに愛し合いたいと言った以上、自分もありのままの姿を見せたかったからだ。

けれど、胸の先端に与えられる刺激はあまりにも強く、潤《うる》んだ瞳から涙が零《こぼ》れ落ちる。

蕾を吸われる度に、身体の奥底に熱が蓄積されていく。その熱はリリーシャの呼吸を速め、何かに急《せ》き立てられているような、もどかしいような気持ちにさせた。

やがてロイダーは胸の突起から唇を離し、リリーシャの首筋に舌を這《は》わせた。その間も両方の胸の膨《ふく》らみを自在に捏《こ》ね回し、時折中心にある蕾《つぼみ》を指で刺激する。

彼の唾液に濡れた突起が空気に触れるだけで、リリーシャは腰が跳ね上がるほど感じてしまっていた。

彼に抱かれるまでは、こんなに敏感な身体ではなかったはずだ。

確かに自分の身体なのに、自分で制御できないことに、少し恐怖を感じてしまう。

それを察したのか、ロイダーは首筋に這わせていた唇で、彼女の頬に優しく触れる。

その口付けと、彼に抱き締められているという安心感が、リリーシャの恐怖を取り去ってくれた。

胸の突起を刺激していた指が、身体の線に沿って下へ向かう。そして腰の辺りまで引き下ろされていた薄いドレスを、ゆっくりと脱がせた。

下着しか身につけていない無防備な姿が、ロイダーの眼前に晒《さら》される。彼の掌《てのひら》はそのまま太腿《ふともも》まで下りていき、彼女の細い足を撫で回してから、内腿《うちもも》へ侵入した。

そこを何度も往復し、柔らかい肌を堪能する。その手が足の付け根に触れた時、甘い痺《しび》れが走り、リリーシャは思わず声を上げた。

「あっ……。そこは……」

いつの間にか両足が開かれ、ロイダーの身体がその間に入り込んでいた。彼は折れてしまいそうなほど細いリリーシャの足首を掴んで、持ち上げる。そして、膝の後ろ辺りに唇を押し当てた。

「はあっ……！」

その唇が、少しずつ上に向かっていく。無意識に逃れようとしたリリーシャの身体を、ロイダーが両手でしっかりと拘束した。

彼は唇を足の付け根まで滑らせると、そこに舌を這わせる。丹念な愛撫《あいぶ》によって潤沢《じゅんたく》な蜜を蓄えた秘部を、薄布の上から刺激した。

「ああんっ」

舌先でほんの少し刺激されただけなのに、強すぎる快楽がリリーシャの背中を駆け上がる。

「だ、駄目……」

身体がふわりと浮き上がっているかのように感じられた。

頭の奥が痺れて、意識が朦朧《もうろう》としていく。

それでも、愛撫の手は止まらなかった。

布の上から何度も秘部を刺激され、とろりとした液体が内腿を伝わっていく。だが、リリーシャの身体は愛撫《あいぶ》に少しずつ慣れ、もっと強い刺激を求めるかのように、腰がひとりでに震えてしまう。

（……恥ずかしい）

ロイダーの目に映っている自分の姿を想像するだけで、羞恥《しゅうち》のあまり消え去ってしまいたくなる。リリーシャはたまらず目を閉じた。

その瞬間、すっかり濡れてしまった下着を剥《は》ぎ取られる。慌てて足を閉じようとしたが、足を広げた状態のまま太腿《ふともも》を掴んで固定されてしまう。

ロイダーの髪が内腿に触れ、リリーシャはびくりと身を震わせた。だが、それよりも強い刺激が襲い掛かる。

「はああっ……。やっ……」

蜜に濡れた腿に彼の唇が触れ、その跡をなぞるようにゆっくりと上っていく。

そして蜜の源泉に辿《たど》り着くと、そこに舌先を滑り込ませて、敏感な内壁を舐め上げた。

「やあっ……！」

今まで愛撫されてきた中で最も強い快感が、リリーシャの身体を駆け巡る。

彼女はびくびくと震えながらも、強すぎる快楽から逃れようと身を捩《よじ》った。けれど、ロイダーの力強い腕はリリーシャの太腿を掴んだまま離そうとしない。

くちゅりという水音が静かな部屋に響き渡る。彼の舌が蜜を掻き出す度に、リリーシャは意識を手放してしまいそうになる。身体の奥に蓄積された熱はもう飽和状態で、もはやこの強い快楽に身を委《ゆだ》ねるしかなかった。

「あああっ！」

大きな声を上げて、リリーシャは最初の絶頂に達した。

シーツを固く握り締め、背を反らして腰を震わせる。頭の中が真っ白になって、身体中の力が抜けていく。

リリーシャは肩で大きく息をしながら、しばし絶頂の余韻《よいん》に浸《ひた》る。

そんな中、まだ蜜を流し続けている秘唇に、そっと指が押し当てられた。

「ま、まって……」

その部分は、絶頂に達したばかりでひどく敏感になっている。指をほんの少し差し入れられただけで、またすぐに達してしまいそうだ。

それなのに、ロイダーの指は容赦なく内部に侵入し、震える襞《ひだ》を掻き回した。

「ああんっ！」

リリーシャの口から嬌声《きょうせい》が上がる。

入り口付近を浅く掻き回されているだけなのに、熱が再び高まっていく。どうやら一度達しただけでは、この熱から解放されそうになかった。

「んっ……。もっと……」

もっと強い刺激が欲しい。そしてこの熱から解放してほしい。

すごくもどかしくて、懇願《こんがん》するような声を上げてしまった。ロイダーの指がそれに応えて、指が更に奥深くまで入り込んできた。

「んんっ！」

一瞬、息が止まりそうになる。けれど、熱くぬめった膣内《ちつない》をゆっくりまさぐられていると、リリーシャの口から吐息が漏れた。

蜜がとめどなく溢《あふ》れ、シーツをすっかり濡らしてしまっている。

不意にロイダーの髪が胸の突起に触れ、リリーシャはびくんと反応してしまった。

その瞬間、もう一本の指が膣内に潜《もぐ》り込んでくる。二本の指は狭くて固い膣内を解《ほぐ》そうとばらばらに動く。

ロイダーがリリーシャの胸の先端を、そっと咥えた。

「ああっ、もう……」

少し前まで執拗《しつよう》に攻められていた先端は、まだ硬く尖《とが》っている。そこを唇で挟み込まれ、舌先で嬲《なぶ》られた。それと同時に、二本の指で秘唇を刺激される。

そのまま愛撫《あいぶ》を続けられていたら、すぐにでも絶頂に達していただろう。けれど、ロイダーは急に愛撫の手を止めてしまう。

「えっ？」

リリーシャは戸惑い、まるで懇願するかのように、自《みず》ら足を開いてしまった。たったそれだけの動作で、足の間から蜜が溢れ出る。

「どうして……？」

思わず涙声になって呟《つぶや》くと、頬に優しく口付けされた。

「心配しなくても大丈夫だ」

ロイダーはそう言って、リリーシャの銀色の髪を撫でる。その掌《てのひら》が、敏感になった身体のラインを辿《たど》って下へ向かった。その後を濡れた唇が追いかけ、途切れていたリリーシャの官能を呼び覚ます。

ロイダーはリリーシャの足の間に顔を埋《うず》め、蜜を流し続ける秘唇に向かって舌を伸ばす。その上部にある敏感な突起を舐め、そっと口に含んだ。

「ああっ！」

花芯を舌で転がされ、強めに吸われる。その衝撃は、今まで与えられていた快楽を遥かに上回るものだった。

「やんっ……。そこ、だめえっ！」

快楽はどんどん大きくなり、リリーシャの意識を呑み込もうとする。彼女は身を捩《よじ》ろうとしたが、ロイダーはその腰をしっかりと押さえたまま、決して離そうとしなかった。

リリーシャは背を大きく反らし、二度目の絶頂に達した。

「はぁ……、はぁ……」

肩で大きく息を吐きながら、快楽の余韻《よいん》に浸《ひた》る。下半身が蕩《とろ》けてしまいそうなくらい、熱くなっていた。

「リリーシャ」

優しく名前を呼ばれて、リリーシャはロイダーの方を見た。

「このまま休むか？」

彼は気遣うように尋ねてくる。

あまり丈夫ではないリリーシャに、これ以上無理はさせられないと思ったのだろう。

確かに、このまま目をつぶってしまえば、リリーシャは心地良く眠れるかもしれない。けれど、ロイダーの方は衣服も息も乱していないのだ。愛し合いたいと告げておきながら、自分だけ快楽を与えられるのは嫌だった。

リリーシャはロイダーの首に両手を回す。彼は抵抗せず、抱き寄せられるままリリーシャの隣に横たわった。

「私も、あなたに触れたいの」

リリーシャが囁《ささや》くように告げると、ロイダーは上体を起こして着衣を脱ぎ捨てる。リリーシャは手を伸ばし、彼の裸の胸に触れた。

（温かい……）

心が通じ合っているだけでも良いと思っていた。けれど、こうして触れ合っていると、言葉を交わすよりもたくさんの想いを受け取ることができる。

リリーシャは彼の胸に身体を預けた。包み込むように抱き締められると、泣きたくなるくらいの幸福を感じる。

愛し合った男女しか共有できない温もりは、他の何にも代えられない。

「大丈夫か？」

ロイダーが気遣わしげに声を掛けてくる。リリーシャは頬を染めつつもこくりと頷き、彼に身を委《ゆだ》ねた。

すぐ目の前にいるロイダーを見つめながら、この国に来てからの出来事に思いを巡らせる。

与えられた恥辱《ちじょく》。

悲しみに包まれた結婚式。

それらはもう遠い過去の話だ。そう思えるくらい、リリーシャの心は愛に満たされている。

ロイダーが身体を起こし、リリーシャの上に覆《おお》い被さる。

快楽の波はとっくに引いていたけれど、秘唇を指でそっとなぞられると、身体はすぐに熱を取り戻した。

「んっ……！」

再び指が侵入してくる。蕩《とろ》けた膣内《ちつない》はその指を締めつけ、もっと強い刺激を求めて蠢《うごめ》いた。

指が引き抜かれ、熱い楔《くさび》が秘唇に当てられると、リリーシャの身体は歓喜に震える。蜜を流して、その瞬間を待ちわびていた。

何度か入り口を往復した楔は、やがてゆっくりと侵入を開始した。

ロイダーはリリーシャの反応を見ながら、時間を掛けて楔を膣内に打ち込む。気遣ってくれているのだろうが、快楽を待ち望むリリーシャは、焦れったく感じてしまう。はしたないと思いつつも、強請《ねだ》るように腰を動かしてしまった。

それを感じたのか、ロイダーの動きが止まり、それから一気に奥深くまで貫《つらぬ》いた。

「ああっ！」

あまりの衝撃に、リリーシャは目が眩《くら》んだ。

待ち望んでいた刺激を与えられ、身体が震える。

少しの圧迫感はあったものの、充分に濡れていたため、痛みを感じることはなかった。

膣内に侵入を果たした楔は、収縮する襞《ひだ》に包み込まれたまま動こうとしない。けれど、そのせいでかえって楔の存在を強く感じることになってしまい、リリーシャはたまらず唇を噛み締めた。

ふと見上げると、ロイダーの目が切なげに細められていた。乱れた黒髪。わずかに開いた唇。愛しさが込み上げてきて、リリーシャは彼を抱き締める。

「リリーシャ」

優しく呼ぶその声は、快楽のためか掠れていた。

二人はどちらからともなく手を伸ばし、指を絡ませ合う。

「俺を許してくれて、ありがとう……」

その言葉と共に、埋められていた楔が動き出す。

抜けてしまいそうなくらい引き抜かれたかと思えば、最奥まで一気に差し込まれる。

それが何度も繰り返されるうちに、圧迫感は薄れていき、代わりにまた快楽の波が押し寄せてきた。

「はああっ……。ああんっ」

ロイダーの長い黒髪が胸をくすぐる。彼の唇が首筋を掠め、指をきつく握られる。

ぐちゅぐちゅという水音が次第に大きくなり、痛みとも切なさともつかぬ感覚が背筋を駆け抜ける。思わず身を震わせると、膣内《ちつない》に収まっている楔《くさび》を更にきつく締めつけてしまった。

反射的に零《こぼ》れ落ちた涙が、リリーシャの頬を伝う。それを唇でそっと拭《ぬぐ》うと、ロイダーは彼女の腰をしっかりと掴み、激しく腰を打ちつけた。

「あっ！」

不意に片足を高く持ち上げられ、身体を横向きにされる。リリーシャはバランスを崩して寝台に手をついた。

体勢を変えたことによって、楔がより深くまで突き刺さる。その体勢のまま腰を打ちつけられ、リリーシャは高まる快楽に身を委《ゆだ》ねようと目を閉じた。

その瞬間、最も敏感な花芯を指で摘《つ》まれ、頭が真っ白になる。

「はあっ……、そこはだめぇっ」

激しく抜き差しを繰り返しながら、その突起を指で転がされ、溢《あふ》れた蜜がシーツに滴《したた》り落ちた。

「あああっ。やっ……」

それだけではなく、もう片方の手で胸の先端を転がされる。敏感な部分ばかり攻められ、いよいよ意識を手放してしまいそうだ。

ロイダーの動きが、リリーシャの鼓動と同じくらい速くなる。もう限界に達してしまいそうだとリリーシャが思った瞬間、膣内を激しく掻き回していた楔が引き抜かれた。

「……っ！」

背筋がぞくりとして、強い快感が身体中を駆け巡る。

それでも、まだ満足できない。

リリーシャが縋《すが》るような視線を向けると、ロイダーは彼女の華奢《きゃしゃ》な身体を抱え上げ、対面する形で膝の上に乗せる。

硬い楔に最奥まで貫《つらぬ》かれ、リリーシャは大きく息を吐いた。

「はあっ……！」

リリーシャ自身の体重によって、先程よりも深く抉《えぐ》られる。より強く激しく出入りを繰り返す楔に、どんどん追い詰められていく。

「もう、だめ……。ああ……」

背をしならせて、リリーシャは何度目かの絶頂に達した。

それと同時に、襞《ひだ》が大きく収縮して、ロイダーのものを強烈に締めつける。その瞬間、熱い迸《ほとばし》りが膣内《ちつない》に放たれるのを、リリーシャはしっかりと感じた。

「んっ……」

敏感になった身体は、その感覚にすら過剰に反応してしまう。

びくびくと痙攣《けいれん》しながら、より深くに精を取り込もうとしていた。

（熱い……）

あまりの熱さに、膣内が焼けてしまいそうだった。

宥《なだ》めるように、優しく髪を撫でられる。リリーシャは幸福感に酔いしれ、いつしか意識を手放していた。


目覚めた時、リリーシャの心は今までにないほど満たされていた。

愛したくて、愛してほしくて。

ロイダーを心から信用し、その腕に抱かれた。

復讐《ふくしゅう》という目的を捨てた彼の愛撫《あいぶ》は、どこまでも優しかった。きっと、あれが本来のロイダーなのだろう。

(復讐《ふくしゅう》は、何も生み出さない。自分が不幸になるだけだわ)

自分の胸に宿った決意を確かめるように、リリーシャはその上に手を置いた。

「リリーシャ?」

不意に抱き寄せられて、彼女は顔を上げる。すると、心配そうなロイダーの顔があった。

「お願いがあります」

「何だ?」

優しく尋ねる声に励まされ、リリーシャは自身の決意を口にする。

「どうか妹の結婚式の前に、グライフに行かせてください。妹と……ニーファと話がしたいのです」

顔に戸惑いの色を浮かべたロイダーに、リリーシャは微笑んでみせる。

心の傷は簡単には癒《い》えないけれど。ここで立ち止まっていては、誰も救われない。不幸の連鎖が続くだけだ。

もう、誰一人不幸になってほしくない。

ニーファの知られざる素顔はあまりに衝撃的だったけれど、それでも血の繋がった妹であることに変わりはない。

そしてリムノンも、自分にとってかけがえのない人だ。

リリーシャは目を閉じて、片時も忘れることのなかったその姿を思い描く。

（リムノンは、私に幸せになってほしいと願ってくれている。でも、何もわかっていないわ）

彼に何かあれば、リリーシャが心から幸せになることなどありえないのに。

リリーシャだって彼を深く愛していたのだ。そして、その幸せを心から願っている。

今グライフへ行くのは危険だと、ロイダーは反対した。それでもリリーシャの決意は揺らがない。

（私は何も知らなかったし、何もできなかった。けれど、もう誰一人傷付いてほしくない。あの国へ行かなければ）

だが、いくら祖国とはいえ、サンシャン王国の正妃であるリリーシャが、グライフ側の許可を得ずに訪問することはできない。

そこで、リリーシャはサンシャン王妃としての正式な訪問ではなく、ただ結婚する妹にお祝いの言葉を掛けたいだけだという手紙を書いて、グライフの王宮に送った。これならば、きっと父王も拒むことはないだろう。

返事を待つ間に、旅支度を整えることにした。

心配しなくても大丈夫だと繰り返しロイダーに告げたのだが、彼は手練《てだ》れの女騎士を同行させると言った。

他にもクーディアをはじめとする侍女や護衛兵が何人か同行することになったが、それでもなお心配するロイダーに、リリーシャは笑顔で告げる。

「大丈夫ですから」

その言葉を口にしたのは、もう何度目かわからないくらいだった。

「サンシャン王国との同盟関係がなくなってしまえば、困るのはグライフの方。ニーファは誰よりもそれを知っているはずです」

今やニーファにとってリリーシャは姉というより、同盟国の正妃だ。そんな相手を、わざわざ傷付けることはしないだろう。だが――

長い間、裏でグライフを操ってきたという妹。ただ父に大切にされ、愛する人に守られてきただけの自分が対抗できるだろうか。

不安が胸をよぎり、リリーシャは俯《うつむ》く。

そこへ不意に、ロイダーが問いかけてきた。

「そういえば、あの手紙は誰からだったんだ？」

「私の母の親友だった方です。母が亡くなった時などは、とてもお世話になりました」

それを聞いたロイダーは、片手を額に当て、難しい顔で考え込んだ。何か気に掛かることでもあるのだろうか。

「……その人がなぜ、あのような重大な事実を知っていたのだろうか」

ロイダーが口にした疑問に、リリーシャは首を傾げる。

「私だけではなく、ニーファの面倒もよく見てくださっていましたから……。妹の別の顔に気付いていたのかも知れません」

「そうか。それなら納得できる」

リリーシャの味方になってくれる人物も、あの国にはいる。それを知って安心したのか、ロイダーはようやく笑みを見せてくれた。

(リムノン。ニーファ。……二人を止めなくては)

強い決意を胸に、リリーシャは出国の準備を進めた。

第四章　愛の氷解《ひょうかい》

グライフ王国へ向かうと決めてから、十日が経過した。すべての準備を終えたリリーシャは、ロイダーに出発の挨拶《あいさつ》をしてから王宮を出る。

ロイダーはかなり心配しており、最後まで行かせていいものかどうか迷っていたようだ。それでも、最後にはリリーシャの意思を尊重して快《こころよ》く送り出してくれた。

（我儘《わがまま》を言って、ごめんなさい……）

ロイダーは負い目があるからか、リリーシャに対して強く言ってこない。それを利用してしまったことへの罪悪感がリリーシャの胸をよぎる。

（それでも私は、自分にできることをやりたいの）

侍女や護衛の数も、ロイダーが同行させると言った数よりだいぶ減らしてもらった。あまり仰々《ぎょうぎょう》しくしたら、両国の間に無駄な緊張を生じさせてしまうかもしれない。だから無理を言って最小限の人数にしてもらったのだ。

（でも、それは間違いだったのかもしれない……）

リリーシャは馬車の中で、きつく唇を噛み締めた。

もう少しでグライフ領に入る。国境から一番近い町には離宮があり、今夜はそこに泊まる予定だった。病弱だった母の静養のために、よく家族で訪れていたので、リリーシャにとっては思い出深い場所だ。

順調に行けば、夕刻には着くはずだったが――

昼を過ぎた頃、馬車が突然、複数の人間に囲まれた。

（何が起こったの……⁉）

中の様子が見えないよう、馬車の窓は厚手のカーテンで覆《おお》われている。そのカーテン越しに、激しく争う人影が見えた。

緊迫した空気の中、リリーシャの両側にクーディアと女騎士が寄り添う。

年齢も立場も違う二人だが、どちらの瞳にも、何があってもリリーシャだけは守るという覚悟が宿っていた。

馬車の外から、荒々しい怒声が聞こえてくる。

その声の感じから察するに、きっと兵士ではなく盗賊の類《たぐい》だろう。

（怖い……）

両手の指を固く組んで、リリーシャは恐怖に耐えた。目を閉じて、彼らが立ち去ってくれることを祈る。

やがて、すぐ近くから断末魔の悲鳴が聞こえ、馬車の扉が乱暴に開かれた。

血に塗《まみ》れた剣を見せつけるようにして、一人の男が入ってくる。馬車の入り口を完全に塞《ふさ》いでしまうほどの大男だ。

頬に傷のある恐ろしげな顔をしたその男は、リリーシャを見た途端、にやりと嫌らしい笑みを浮かべる。

「いた。王女だ」

（……え？）

その言葉について考える暇もなく、リリーシャは男に腕を掴まれた。凄まじい力に、小さく声を上げる。

「きゃあっ！」

「無礼者！」

女騎士の鋭い声がしたと同時に、腕が解放された。

後ろに倒れそうになったリリーシャを、傍《そば》にいたクーディアが抱き止めてくれる。クーディアは小刻みに震えながらも、リリーシャをしっかりと抱き締めた。

リリーシャが顔を上げると、細身の剣を構えた女騎士の背中があった。彼女は軽い身のこなしで馬車から飛び降り、素早く扉を閉める。

激しい剣戟《けんげき》の音が聞こえ、窓を覆《おお》うカーテンには舞うような人影が映った。

いかに剣が扱えたとしても、女性は体力で劣る。

しかも相手が盗賊だとすれば、手段を選ばないはずだ。女騎士が負けるのは目に見えていた。

馬車の外から押し殺した悲鳴が聞こえて、リリーシャは唇を噛み締める。

(もう誰にも傷付いてほしくない。だから国を出てきたのに……)

そこで、リリーシャはあることに気付いた。

(さっき、王女がいたと言ったわ。まさかこの人達は、グライフの手の者?)

もしそうだとすれば、彼らの裏にいる人物は、リリーシャが国に戻るのを阻止しようとしている。

それは誰なのか。

(……ニーファ)

それしか考えられなかった。

支えてくれているクーディアの手をそっと押し退《の》けて、リリーシャは馬車を降りる。

鮮やかな夕陽が視界を真っ赤に染めた。それはリリーシャの銀髪を、真っ白な肌を、同じ色に染め上げていく。

「リリーシャ様、駄目です！」

賊と戦っていた女騎士が、顔色を変えて叫んだ。けれど、リリーシャは聞き入れることなく歩みを進める。周囲には敵味方を問わず大勢の人間が倒れていた。

「どうか二人には手を出さないでください。あなた達の目的は私……ですよね？」

彼らに指示したのがニーファならば、さすがに自分を殺させはしないだろう。だが女騎士やクーディアは、あまり抵抗すると殺されてしまうかもしれない。

リリーシャの毅然《きぜん》とした態度に、賊達が戸惑う様子を見せた。

「怖《お》じ気《け》づくんじゃねえ。俺達は言われたことをすりゃいいだけだ」

先程の大男が、ゆっくりと歩み寄ってきた。剣を持つ右腕は血に塗《まみ》れている。

「王女は連れていく。おい、そこの勇ましい女騎士さんよ。これ以上抵抗したら王女に傷が付くぞ」

剣を突き付けられた女騎士は、諦《あきら》めたように腕を下ろした。けれど、目には悔しさが滲《にじ》んでいる。

その姿に、リリーシャの心が痛んだ。

（……ごめんなさい）

自分を守ろうと必死に頑張ってくれたのに、その努力を無駄にしてしまった。けれど、二人が傷付く姿は見たくないので、後悔はしていない。

「二人のことは、どうかこのまま解放してください」

リリーシャがそう告げると、大男は横柄に頷いた。そして丸太のような太い腕で、リリーシャの白い腕を掴む。

「さぁ、さっさと引き揚げ――」

男が仲間達に向かって何かを言いかけた瞬間。

リリーシャの腕を引っぱる力が急に失われ、彼女は勢い余って前に倒れてしまう。だが、それを支えてくれる手があった。

驚いたリリーシャが顔を上げると、夕陽と同じくらい鮮やかな赤い髪が目に入る。

「……何で王妃がもう襲われてるんだ？」

そう言って顔を顰《しか》めた男は、片眼を布で覆《おお》っていた。彼は周囲の惨状を見回してから、片手で支えていたリリーシャを見る。

（誰なの？）

鋭い視線を向けられ、リリーシャは怖じ気づいてしまった。だが、彼から殺気は感じない。

「あんた、サンシャン王国の王妃リリーシャだよな？」

賊の仲間ではないようだが、かといってサンシャン王国の兵士にも見えない。正直に答えていいものかとリリーシャが迷っていると、間近で空気を切り裂く音がした。

「っ！」

片眼の男が、リリーシャを庇《かば》うようにして身を伏せる。

その直後、今まで彼女が立っていた場所に矢が突き刺さった。

「どうやら奴ら、本気であんたの命を狙ってるみたいだ」

片眼の男はリリーシャを抱き起こして、腰の剣を抜き放つ。そして馬車の陰に隠れ、そこから射手を探した。

見れば賊達の背後で、一人の男が弓を構えている。リリーシャを連れて帰ろうとしていた大男をはじめ、賊達はみな彼の行動に戸惑った顔をしていた。

だが、弓を持った男が手で合図をすると、賊達は頷いてリリーシャ達に向き直る。

どうやら弓を持った男がリーダーらしい。リリーシャを連れ去ろうとしていたものの、片眼の男が乱入してきたため、彼ごと殺してしまうことにしたのだろう。

賊のリーダーが再び矢を放ったので、片眼の男は馬車の陰に身を隠す。

「リリーシャ様！」

女騎士が、剣で矢を弾きながら駆け寄ってきた。

片眼の男は、彼女にあっさりとリリーシャを引き渡す。女騎士はリリーシャを素早く背中に庇うと、油断なく剣を構えたまま、男に問い掛けた。

「あなたは何者なの？」

「……まあ、敵ではないとだけ言っておこう。とにかく話は後だ」

そう言って、彼は馬車の扉を開ける。

（そうだわ、中にはクーディアが……！）

彼女が馬車に乗っていることを思い出して、リリーシャは青ざめる。だが、幸いクーディアは無傷だった。

「……馬も無事みたいだな。俺が手綱《たづな》を操るから、あんたは中で二人を守っていてくれ」

片眼の男が女騎士に指示を出す。女騎士から問うような視線を向けられたリリーシャは、覚悟を決めて頷いた。

「よし、行くぞ！」

その言葉と同時に、片眼の男が御者台《ぎょしゃ》に飛び乗る。女騎士は馬車の扉を大きく開いてリリーシャを乗せ、自《みずか》らも飛び乗った。そして襲いかかる男達を切り伏せてから、扉を閉める。

直後、馬車が勢いよく走り出した。

矢が馬車を目掛けて雨のように降り注ぐ。クーディアと女騎士が、左右からリリーシャの身体に覆《おお》い被さった。

複数の馬が後を追いかけてくる音がする。けれど、それは少しずつ遠退《とおの》き、やがて馬車はゆっくりと停車した。

御者台《ぎょしゃ》から降りた片眼の男が、馬車の扉に近付く気配がした。女騎士が扉に向かって剣を構える。けれど片眼の男は扉を開けることなく、外から話し掛けてきた。

「……もう大丈夫だから安心しな。ところで、賊に襲われる心当たりはあるのか？」

そう尋ねられ、リリーシャは両手を固く握り締めた。ほんの少し前まで命の危険に晒《さら》されていたため、まだ身体が震えている。

片眼の男が助けてくれなかったら、今も賊に捕らえられたままだっただろう。もしくは、矢に貫《つらぬ》かれて死んでいたかもしれない。

（殺されるところだった……）

リリーシャは青ざめながらも首を横に振り、どうにか声を絞り出した。

「助けてくださり、ありがとうございました。……さっきの男達は、身代金目当てで私を誘拐しようとしたのでしょう」

もちろん、それは嘘だった。

ニーファはきっと、リリーシャをリムノンに会わせたくないのだろう。ようやく手に入れた彼を奪い返されるのではないかと恐れているのだ。

「ふうん……。ま、とりあえず大人しく自分の国に帰った方がいいぜ。……あんた、馬車は操れるか？」

最後の問いは女騎士に向けてのものだった。彼女が頷くと、片眼の男が扉の前から離れていく。

「じゃあ、早く王宮へ戻った方がいい。……姉に賊を差し向ける妹のことなんか、もう忘れてしまえ。今更あんたが何を言っても、妹の心には届かないだろう」

（え？）

その言葉に、リリーシャは驚いた。

限られた者しか知らないはずの事実を、彼は知っている。自分がグライフを訪れた目的も知っているようだった。

「待って！」

そう叫ぶと、リリーシャは馬車の扉を開けて外に出た。

「リリーシャ様っ」

女騎士が悲鳴に似た声を上げて馬車から飛び出し、彼女の前に立ち塞《ふさ》がる。片眼の男が驚いた顔で振り返った。矢が掠ったのか、片手で肩を押さえている。指の間からは赤い血が流れ出ていた。

「あなたは……誰の命令で私を助けてくれたのですか？」

そう尋ねるリリーシャの声が、ひどく震える。

「まさか、リムノンの……？」

その問いに、片眼の男は答えなかった。けれど、グライフ王国の内情を深く知っており、自分を助けてくれる人物といえば、リリーシャには一人しか思い浮かばない。

震える両手を祈るように組み合わせ、片眼の男が口を開いてくれるのを待つ。

「……何か、勘違いをしているようだが」

男は片方しか露出していない緑色の目を細めた。

「別に、俺はあんたの味方ってわけじゃない。ただ、あのままだとこっちにも都合が悪いと思ったから助けただけだ。俺だって、あいつらとそう変わらないぞ。誰の助けを期待したのかはわからないが、そいつは俺みたいな輩《やから》と手を組むような奴なのか？」

愛した人の優しい笑顔が脳裏に浮かび、リリーシャは唇を噛み締める。自分の記憶に残っているリムノンならば、決してそんなことはしないだろう。

けれど、今の彼は違うかもしれない。彼が本当にグライフ王国を憎み、滅ぼそうとしているならば、賊と手を組んでもおかしくなかった。

「……わからない。でも、たとえそうだとしても私は彼に会いたい。いえ、会わなくてはならないわ」

リムノンが変わってしまったのは、自分と、そしてグライフ王国のせいだ。

彼を止めなければならない。

復讐《ふくしゅう》など、何も生み出さない。たとえグライフ王国を滅ぼしたとしても、リムノンの心は晴れないだろう。

リリーシャの言葉を聞いて、男が目元を和《やわ》らげた。そして、先程よりも優しい声で尋ねる。

「会いたいのか？　あいつに」

リリーシャはどう答えるべきか迷った。

サンシャン王妃としての立場を考えたら、元恋人に会いたいなどと口に出すことは許されない。自分を信用して送り出してくれたロイダーを裏切ることにもなる。

彼は婚約者と引き裂かれながらも、復讐心や絶望に染まりきることはなかった。それどころか、憎いはずのグライフ王国を救おうとしてくれている。

最初は手酷《てひど》い扱いをされたが、それを差し引いても、ロイダーには深く感謝していた。

そして今や信頼よりも強い想いを、彼に対して既《すで》に抱いている。

だからこそ、ロイダーのためにも、リムノンを止めなければならない。

「……会いたいわ」

「そうか」

どこかすっきりしたような顔をして、片眼の男は頷いた。

彼は血に塗《まみ》れた剣を抜き、二人の話を訝《いぶか》しげに聞いていた女騎士に向けた。驚いた彼女が剣を構えるよりも速く、その剣を弾き飛ばす。

「くっ……」

手を押さえて蹲《うずくま》る女騎士に、片眼の男は鋭い切っ先を突き付けた。

「悪いな、実は俺も盗賊なんだよ。王妃はもらって行くぜ」

彼がおもむろに手を上げると、道の左右から仲間らしき男達が出てきた。そのうちの一人が引いてきた馬に、片眼の男はリリーシャを抱えて飛び乗る。

「せいぜい気を付けて帰るんだな」

呆然とする女騎士とクーディアにそう言い残すと、彼はリリーシャを抱えたまま馬を走らせた。

リリーシャは舌を噛まないようにしながら、必死に彼にしがみつく。

彼は自分をリムノンに会わせるため、盗賊のふりをしたのだろうか。

それとも、自分を騙《だま》しているだけなのだろうか。

遠ざかる馬車を見つめながら、リリーシャは不安になる。けれど、今はこの男を信じるしかない。

（……ごめんなさい）

命懸けで守ってくれた二人に、心の中で謝った。

自分の行為はサンシャンに対する裏切りとも言える。さすがのロイダーも、許してくれないかもしれない。それでも、もう後戻りはできなかった。

やがて馬は、深い森の中に入ると、徐々に速度を落としていく。

周囲で馬を走らせている男達は、全部で十人。

リリーシャは少し不安になったけれど、今更どうしようもない。

夕陽が生い茂った木の葉に遮《さえぎ》られ、森は闇に包まれていた。かなり深い森だが、土を踏み固めただけの簡素な道があるため、男達は迷うことなく進んでいく。

（本当に、こんな場所にリムノンがいるのかしら……）

片眼の男はともかく、周囲の男達は先程襲ってきた賊とそう変わらないように見える。森の中を進むに連れ、リリーシャの不安は次第に大きくなっていった。

「おい、ベルファー」

一人の男が、片眼の男にそう呼びかけた。

「王女達を追い返すつもりだったんだろ？　逆に連れてきてどうするんだ？　あいつ、怒るんじゃないか？」

その声は、確かに怯《おび》えを含んでいた。

あいつとは、リムノンのことだろうか。この強そうな男にさえ恐れられるほど、リムノンは変わってしまったのだろうか。リリーシャは悲しくなる。

「俺達は別にあいつの手下じゃないんだ。大人しく従う必要はない」

ベルファーと呼ばれた片眼の男はそれだけ告げると、もう一言も発することなく馬を走らせ続けた。

やがて開《ひら》けた道に出ると、馬は再び速度を上げ、暗闇の中を疾走した。景色がどんどん背後に流れていく。

ゆっくり走る馬車にしか乗ったことがないリリーシャにとって、その速さは恐ろしいものだった。思わず目をつぶり、ベルファーの胸に縋《すが》りついてしまう。

彼女が怯えているのに気付いたのか、ベルファーが少し速度を落とす。

それを感じたリリーシャは、固く閉じていた目をそっと開いた。道の先を見れば、生い茂った木々の中に、古びた小屋がある。

蔦《つた》に覆《おお》われているため、一見しただけでは入り口がどこにあるかもわからない。徐々に速度を落とした馬は、やがてゆっくりと足を止めた。

ベルファーはリリーシャを馬上に残したまま、一人馬を降りた。そして他の男達に何やら指示を出す。すると男達は頷いて、どこかへ走り去った。

静かな森に残されたのは、リリーシャと片眼の男だけ。

彼は馬上のリリーシャに手を差し伸べた。一人では降りることができないので、リリーシャは素直にその手を取り、馬から降ろしてもらう。

「とても王妃様を招待できるような場所じゃないんだけどな」

彼はそう言って溜息《ためいき》をつく。そして小屋の扉を大きく開き、明かりを灯した。

リリーシャがそっと中を覗くと、思っていたよりも内部はきれいだった。外観がいかにも廃《すた》れて見えるのは、偽装なのかもしれない。

そうは思ったものの、古いのは間違いないようで、男が歩く度に床が軋《きし》んだ音を立てる。

「あんたを連れて町に行くのは危険なんでね。あいつらが奴を呼んでくるから、悪いがここで待っていてくれ。奴も、この近くに来ているはずなんだ」

　リリーシャは少し躊躇《ためら》ったけれど、覚悟を決めて小屋に足を踏み入れた。

　ランプの淡い光に照らされた室内には、大きな机と何脚かの椅子がある。すぐ隣にもう一部屋あるようだが、そこには埃《ほこり》っぽい毛布が積み重なっているだけだった。

　風に煽《あお》られた木の枝が、高い位置にある窓を叩いた。かなり小さい窓なので、恐らく空気を入れ換えるためだけにあるのだろう。

　もうすぐリムノンに会える。

　そう思うと、どうしても気分が高揚してしまう。リリーシャが心を落ち着かせるために周囲を見回すと、静かに自分を見つめるベルファーと目が合った。

「あの……」

「あいつらが妹王女の妨害に遭《あ》わなければ、夜中には奴を連れて戻ってくるだろう。まあ、もし妹王女の手の者に見つかったとしても、あいつらは顔を知られていないから大丈夫だ。それに、あんたを拉致《らち》したのは俺だからな」

　彼はリリーシャから目を逸《そ》らして告げた。

「そんな……拉致だなんて」

　リリーシャは自《みずか》ら望んで同行したのだ。ベルファーはただの案内人に過ぎない。

そう言いたかったけれど、彼はかすかに笑みを浮かべて否定する。

「普通であれば、俺みたいなのがリムノンと知り合いであるはずがないと考える。だからサンシャン国王は、俺があんたを騙《だま》して連れていったと思うだろう。きっとあの女達も、そう報告したはずだ。まあ、ここはグライフ領だから、すぐに追っ手がかかることはないだろうけどな」

下手をすれば、自分のせいでベルファーが罪人になってしまうかもしれない。王妃を拉致したとなれば、きっと死罪は免《まぬが》れないだろう。

「ごめんなさい……私のせいで」

リリーシャは謝ったが、ベルファーは皮肉そうに笑う。

「言っておくが、別にあんたのためでも、リムノンのためでもないからな。あいつとはたまたま目的が一致しているだけだ」

彼はどこか冷たさを感じる口調で、そう言い放った。

「俺は元々罪人だ。今更罪が一つ増えても、どうってことはない。……俺の妹はグライフの貴族に騙されて死んだ。グライフの王族であるあんたを助けたいなんて、思うわけがないだろう？」

彼もグライフを恨んでいるのだと知り、リリーシャは両手を握り締める。

グライフへの憎しみ――それがリムノンと彼の共通点なのだろうか。

「だったら、どうして私をここへ連れてきてくれたの？」

「……俺はただ知りたかった」

先程とは違う静かな声で、ベルファーは告げる。

「妹が死んだのは、その男を愛していたからだ。愛していたからこそ、男の裏切りが許せなかったんだろう。リムノンもそうだ。本来ならば何不自由なく暮らせたはずのあいつが、あんたを愛したことで道を踏み外した。愛っていうのは恐ろしいものだ。どんなに優しい女も男も、別人のようになっちまう」

だからこそリリーシャをリムノンに会わせたいのだと、彼は言う。

愛というものが人を破滅させるだけではなく、救うこともできるということを、証明してほしいのだと。

ベルファーはリリーシャを見つめて言う。

「もう、あんたが愛したリムノンじゃなくなっているはずだ。会わない方がよかったと思うかもしれない」

「……それでも、リムノンはリムノンだわ」

リリーシャは祈りを捧げるかのように両手を組み合わせ、目を閉じる。

信頼してくれた人を裏切り、守ってくれた人達の手を放して、ここまで来てしまった。

それが愛の成せる業《わざ》だとしたら、確かに愛は恐ろしいものかもしれない。

リリーシャは目を開けて、高い窓を見る。

（本当は、彼に会うのが少し怖い……）

けれど、この悲劇をどうしても止めたかった。まだ何も知らず、ただ無邪気に愛を交わしていた頃は、毎日が夢のように幸せだった。それを否定したくない。

ロイダーと心を通わせるまでは、あの幸福な日々こそが、自分を支えてくれていたのだから。

ベルファーはもう何も言わなかった。

ただ静かに目を閉じて、仲間達の帰りを待っていた。

◆◆◆

その日は早朝から空気が湿っていて、肌に纏《まと》わり付くようだった。

窓から見える景色は、まだ夜の闇に包まれている。

雨の雫《しずく》が窓枠を伝って地面に滴《したた》り落ちる。

ロイダーは寝台の上で身体を起こし、目を閉じてその音を聞いていた。

リリーシャが留守にしている間に預かっている小さな猫が、優しい飼い主の不在を感じ取ってか、悲しそうに鳴く。

ロイダーは子猫をそっと抱き上げ、優しく撫でる。

その掌《てのひら》に頭を擦《こす》りつけた後、白猫は雨が降り続ける窓の外を、じっと見つめていた。


昨夜、グライフ王国に向かったはずの馬車が引き返してきた。聞けば、賊のような男達に襲われたらしい。だが――

「……どうやら、敵はただの賊ではなかったようです。王妃様は、その者達に心当たりがありそうでした」

女騎士は、目に悔し涙を浮かべて報告した。

「王女ニーファ……。まさか賊を使って姉を襲わせるとは……卑劣《ひれつ》な！」

ロイダーはいつになく声を荒らげる。

(何てことだ……！)

やはりリリーシャを行かせるべきではなかったのだ。強い焦燥感《しょうそうかん》が胸に湧き上がる。

すぐにでも捜索隊を出そうとしたロイダーだが、続く女騎士の言葉を聞いて思いとどまった。

「謎の男が、我々の馬車を賊の襲撃から守りました。リリーシャ様は、その男の一味に連れて行かれたのです。その直前、二人で何やら会話を交わしていたのですが……確か、リムノンという名前が出てきたと思います」

「……リムノン？　そうか、彼が……」

ロイダーはほんの少し安堵して、静かに目を閉じた。

きっとリムノンがニーファの動きを事前に察知し、リリーシャを守ったのだろう。

リムノンがリリーシャを助けるために王都を離れたのだとすれば、グライフの王宮はいずれ彼の不在に気付くかもしれない。ここでリリーシャまで姿を消したとなれば、二人で駆け落ちしたのだという噂が広がるに違いなかった。

（そうなれば、あのニーファのことだ。婚約者を取り戻すために、どんな手段を取るかわからないな……）

「お願いします。どうか、もう一度私をグライフに向かわせてください！」

女騎士は必死に懇願《こんがん》したが、ロイダーは首を横に振る。

「今、事を荒立てると危険だ。他の者に内密で調査をさせる。だから、お前はしばらく休んでいろ」

それを聞いた女騎士は、意気消沈した様子で肩を落とした。

彼女を下がらせると、ロイダーは複数の密偵に調査を命じた。一刻も早くリリーシャを見つけ出し、保護しなければならない。

それと同時に、ロイダーはグライフの王宮に使いをやった。「リリーシャはグライフに向かったものの、途中で賊の襲撃に遭《あ》った。無事に撃退することはできたが、彼女は安全のため王都に戻した」と嘘の報告をさせるためだ。

ロイダー自身、リリーシャのことが心配で仕方がなかった。だが彼女は必ず戻ると、そう約束して王都を出たのだ。

きっと、リムノンが使わした者が彼女を救い、彼のもとへ連れて行ったのだろう。

(再会した元恋人同士、か……)

もうリリーシャは帰らないかもしれない。

そう思うと、今すぐにでもグライフ王国に行って、彼女を捜《さが》したい衝動に駆られる。

アラーファと引き裂かれた時はどうにか耐えられたのに、今回ばかりは自《みずか》らの激情を抑えきれなくなりそうだった。

(だが、今は密偵の報告を待つしかない)

闇雲に探しても、リリーシャは見つからないだろう。だから、静かに報告を待つことにした。

ロイダーが昨夜のことを思い出していると、やがて闇に閉ざされていた世界に光が射し始める。

いつの間にか雨も上がったようだ。

ロイダーは枕元で眠る子猫を起こさないよう、そっと寝台から降りる。

あれほど執着していたリムノンが姿を消したのだから、ニーファが簡単に諦《あきら》めるとは思えなかった。もしリリーシャと一緒にいると知れば、今度こそ彼女に危害を加えるかもしれない。

ニーファは国の未来を憂《うれ》いて行動した王女ではない。ただ愛に狂った愚《おろ》か者なのだ。

だがロイダー自身も、何の罪もないリリーシャに酷《ひど》いことをしてしまった。ニーファを責める資格はないのだろう。

急いで身支度を整えた彼は、執務室へ向かう。

すると、昨晩から二人の行方を追っていた密偵が早くも戻ったという報告があった。

「わかった。話は例の部屋で聞こう」

ロイダーは部下にそう告げると、一人であの地下室へ向かった。

地下通路を歩き、やがて例の部屋に着いた。ロイダーは小さな扉を開け、暗い室内に入ってランプの火を灯す。そしてソファーに座り、密偵が来るのを待った。

「ロイダー様」

「入れ」

その言葉に従い入室してきた密偵は、調査結果を王に報告する。

「リリーシャ様は今、とある森の中に身を隠している模様です。ですが、不審な者がその行方を捜《さが》しています」

「……恐らくニーファの手の者だろう」

ならばニーファよりも先に、二人を捜し出して保護しなければならない。

「俺をそこへ案内しろ。必ず二人を連れて帰るぞ」

密偵は頷くと、すぐに馬車の手配をしに向かった。

どうか二人共、無事であってほしい。

それは今のロイダーにとって心からの、そして切実なる願いだった。

◆　◆　◆

（もう夜になったのかしら……）

日の光が木の葉に遮《さえぎ》られているので、どのくらい時間が経過したのかわからない。

そう思っていたら、遠くから馬の足音が聞こえてきた。

リリーシャは椅子から立ち上がり、背筋をすっと伸ばして小屋の入り口を見つめる。

やがて軋《きし》んだ音を立てて、入り口の扉が開かれた。冷たい夜風が流れ込んできて、リリーシャの銀色の髪を揺らす。

月明りを背にして、入り口に立つ細い人影。

それを見た瞬間、リリーシャの頬に涙が伝った。

別れを告げることもできないまま引き裂かれたあの日から、どれほどの月日が経ってしまったのだろう。

日数にすればそれほど経ってはいないはずだが、リリーシャにとっては長い、長い月日だった。

一人きりで泣きながら過ごした夜、どれだけ彼に会いたかったか。

彼を想って、どれだけ涙を流したことか。

リリーシャは震える唇で、その名前を呼ぶ。

「リムノン」

そう呼ばれた彼――リムノンは、びくりと身体を震わせた。

「……リリーシャ」

薄暗い闇の中から、掠れた声でリリーシャの名前を呼ぶ。

姿がはっきり見えないので、彼がどんな顔をしているのかはわからない。けれど、その声に含まれていた深い絶望の色が、リリーシャの心を激しく抉《えぐ》った。

やはり、以前の彼とは違うと確信する。

(今回のことが、あなたをこんなに変えてしまっていただなんて……)

ゆっくりとこちらに歩み寄るリムノンの姿を、蝋燭《ろうそく》の光が静かに照らし出す。

まるで幽鬼《ゆうき》のような、痩《や》せ衰《おとろ》えた姿。

そして、生気のない瞳。

愛した人の変わり果てた姿に、リリーシャは言葉を失った。

リリーシャと再会しても、リムノンの瞳に光が甦《よみがえ》ることはなかった。むしろこの再会は、彼に苦痛を与えているだけなのかもしれない。

あの優しかった彼が復讐《ふくしゅう》を考えてしまうくらい、追い詰められたのだ。そこには、どれほどの苦しみがあったのだろう。

リリーシャは、たまらず彼を抱き締める。

「ごめんなさい。私……！」

「君は何も悪くない。ただ、陰謀に巻き込まれただけだ」

リムノンは静かな声で言い、そっとリリーシャから離れた。

そして、すべてを語り出す。

彼は独自の調査によって、今回の黒幕がニーファであることを、早々に突き止めたようだ。更に、彼女に騙《だま》されたロイダーがリリーシャを憎んでいると知り、その誤解を解くためサンシャン王国にまで足を運んだという。

リムノンはそこまでしか言わなかったが、恐らくロイダーと対面し、彼に真実を告げたのだろう。

「あの人は……サンシャン国王は優しいかい？」

「……ええ、とても。それに尊敬できる方だわ」

そのリリーシャの言葉を聞いて、リムノンの顔に初めて笑みが浮かんだ。

まるで彼女がロイダーを慕《した》っているのが、嬉しくてたまらないとでもいうように。

「リムノンが、彼に真実を伝えてくれたのでしょう？」

「……ああ。だが俺がわざわざ告げなくても、あの人ならば、いつか必ず真実に辿《たど》り着いただろう」

リムノンは静かに告げた。

ロイダーのことを語る時、彼の痩《や》せた顔に柔らかな笑みが浮かぶ。

「あれから、あなたはどうしていたの？　お願い、私に全部教えて。あなたの苦しみを知りたいの」

あの優しかった彼を、こんなにも変えてしまった苦しみ。それを知りたかった。

けれどリムノンは、リリーシャの問いに答えようとしない。深い苦悩を感じさせる瞳は、虚空《こくう》に向けられていた。

リリーシャがもう一度尋ねようとした、その時。

ふと、彼の雰囲気が変わった。

「リムノン？」

彼は鋭い視線を小屋の外に向け、腰に帯《お》びていた剣を抜き放つ。少し離れた場所で二人を見守っていたベルファーも、同じ方向に鋭い視線を向けていた。

二人は白刃《はくじん》の煌《きら》めきに怯《おび》えるリリーシャをよそに、全身で外の気配を探っているようだった。

リリーシャは両手を固く握り締めたまま、緊迫したリムノンの横顔を見つめる。

その視線に気付いたのか、リムノンはようやく彼女の方に向き直り、静かな声で告げた。

「この小屋に何者かが近付いている。いざという時のために、退路を確保しておこう。奥の部屋に、秘密の通路への扉があるんだ。積み重ねた毛布の後ろに隠されているから、それを見つけてきてくれないか？」

「……扉？」

怪訝《けげん》な顔で尋ねるリリーシャに、リムノンは頷いた。

「ああ。巧妙に隠されているようだから、探すのは大変かもしれない。時間稼ぎのために、俺が家具を移動して扉を塞《ふさ》いでおく」

大貴族の子息であるリムノンが、こんな荒事に慣れているはずがない。なのに、彼の声は不思議と落ち着いていた。

「できるかい？」

優しく尋ねられ、リリーシャはこくりと頷く。

「はい」

リムノンの落ち着いた態度が、リリーシャの恐怖を少し和《やわ》らげてくれた。

彼女は隣の部屋に移動し、重い毛布を何とか動かす。壁を見ただけでは扉がどこにあるかわからなかったので、指で丹念に探っていくと、やがて質感が違う場所を見つけた。

そこを強く押してみると、軋《きし》んだ音を立てて隠し扉が開く。

（見つけた……）

リリーシャは顔を輝かせて、さっそくリムノンに報告しようとした。

けれど、その途端に後ろから背中を押され、隠し扉の中に転がった。

「きゃあっ」

石造りの硬い床に膝を打ちつけてしまい、あまりの痛みにすぐ起き上がることができない。

その背後で、扉が音を立てて閉ざされた。

「リムノン⁉」

リリーシャは慌てて扉に取り縋《すが》り、必死に彼の名を呼んだ。

だが、返ってきたのは重いものを動かすような鈍《にぶ》い音だけ。そしてその音は、隠し扉の前で止まった。

「どうしたの？　ここを開けて！」

力の限り叫んでも、何の返答もない。必死に扉を叩いても、その音が狭い空間に反響するだけだった。

頑丈な扉を叩き続けていた手が傷付き、血が滲《にじ》む。

手探りで周囲を探ってみたけれど、通路らしきものはない。ここは秘密の通路などではなく、何か大切なものを隠して置くための、隠し倉庫なのだろう。

（何があったの……？）

状況がまったくわからず、リリーシャは暗い部屋の中でただ震えていた。

辺りには、深遠な闇が広がっている。自分が目を開いているのか、閉じているのかすらわからない。

リリーシャはただ両手を固く握り締め、どうにか外の様子を探ろうと、必死に耳を澄ましていた。

やがて聞こえてきたのは、甲高《かんだか》い剣戟《けんげき》の音。

そして誰かの怒号と呻《うめ》き声。

床を踏み締める荒々しい靴音も聞こえてくる。

（もしかして、またあの男達が……？）

あの襲撃者達が、ここまで追ってきたのかもしれない。もしそうだとすれば、リムノンはその気配を感じ取り、リリーシャをこの倉庫に匿《かくま》ったのだろう。

敵に囲まれたリムノンの姿が頭に浮かび、リリーシャの顔から血の気が引く。

たとえベルファーが一緒であっても、大勢の賊を相手に、たった二人で対抗できるとは思えなかった。

（リムノン……！）

リリーシャの頬を涙が伝う。祖国を出てから幾度となく涙を流したが、これほど絶望的な気持ちになったことは一度もない。

「助けて……。誰かリムノンを、あの二人を助けて……！」

その声は誰にも届くことなく、虚《むな》しく闇に溶けていく。

「ロイダー様……」

いつしかリリーシャは、無意識に夫の名を口にしていた。

頬を伝う涙が、冷たい床の上に零《こぼ》れ落ちた。

最後に物音を聞いてから、どのくらい時間が経っただろう。

リリーシャは、硬い石床の上にじっと座り込んでいた。涙を流し続けていたために目元は腫《は》れ、手には血が滲《にじ》んでいる。

（……静かだわ）

先程までの喧噪《けんそう》が嘘のように、何も聞こえない。周辺から人の気配が完全に消えていた。

リムノン達はしばらく争っている様子だったが、やがて馬の嘶《いなな》きと共に、彼らの声が遠ざかっていったのだ。

きっと、あの時リリーシャを救ってくれたのと同じように、ベルファーがリムノンを助けてくれる。そして二人でここに戻ってくる。

リリーシャはそう信じることにした。

だが、リムノンの存在が、国を隔《へだ》てていた頃よりも遠くに感じる。

もう二度と会えないかもしれない。

そんな予感が消えなくて、リリーシャは焦燥感《しょうそうかん》に苛《さいな》まれる。

その時、人の気配に気付いた。

会話を交わす声が小さく聞こえる。誰かが小屋に入ってきたようだ。

（……リムノンの声じゃないわ）

リリーシャは息を呑んだ。

もしや、あの襲撃者達が戻ってきたのだろうか。だとしたら、リムノン達はどうなってしまったのだろう。

張り詰めた糸のような緊張感。気が遠くなりそうだったが、リリーシャは意識を懸命に保った。ここまで追い詰められてしまったらもう覚悟を決めるしかないと、唇をきつく噛み締める。

けれど――

「……リリーシャ？　いるのか？」

扉の向こうにいる人物が、用心深く尋ねてきた。

（そんな、まさか……）

リリーシャは扉に飛び付き、力一杯叩く。

「ロイダー様！」

ここは彼が治める国ではない。それにリリーシャは彼との約束を破り、元恋人に会いに来てしまった。

それなのに、彼は国境さえ乗り越えて、助けに来てくれたのだ。

何か重いものを動かすような音がして、隠し扉が開く。すると、闇に閉ざされていた狭い空間に光が差し込んだ。

リリーシャが潤《うる》んだ瞳で見上げた先には、サンシャン王ロイダーの姿があった。

長い黒髪を一つに束ね、簡素な鎧《よろい》を身に纏《まと》っている。思わずその腕の中に飛び込むと、力強く抱き締められた。

「……無事でよかった」

周囲にいる数人の男達は、ロイダーの護衛らしい。彼らは油断なく辺りを警戒している。

本来ならば、国王がこれだけの護衛しか連れずに国を出るなど、あってはならないことだ。

「ごめんなさい。私のせいで……」

無茶をさせてしまった。もし彼に何かあったら、サンシャン王国はどうなってしまうかわからないというのに。

だが、ロイダーは首を横に振る。

そして、大きな手でリリーシャの涙を拭《ぬぐ》った。

「俺は、もう後悔はしたくない。あの時こうすればよかったと思いながら、憎しみの中で生きたくはないんだ。それに、愛する人を二度も失いたくない」

温かい腕は、リリーシャに泣きたくなるほどの安堵をもたらしてくれる。大きな背中に回した手に力を込めると、ロイダーは我に返ったように身を引いた。

離れていく温もりに、リリーシャは思わず手を伸ばしてしまう。

「リリーシャ。ここは安全ではない。早く離れよう」

優しく頬を撫でられ、リリーシャはこくりと頷いた。

「リムノン……は、無事だったのかしら……」

彼の名前を出すことに罪悪感を覚えながらも、気になって尋ねる。その問いに答えたのは、護衛のうちの一人だった。

彼は、片眼の男がリムノンを連れて森を出たのを見たという。

きっとベルファーがリムノンを安全な場所に連れて行ってくれたのだろう。

(……よかった)

リリーシャはようやく胸を撫で下ろす。

けれど妹に会うという目的を果たせないまま、ロイダーと共にサンシャン王国へ帰るしかなかった。


月が西の空に沈みかけ、空は少しずつ明るくなっていく。

悪夢のような夜はもう過去のものとなり、新しい一日が始まろうとしていた。

けれど、生い茂った木々が光を遮《さえぎ》っているため、まだ森の中は暗い。気温もかなり低く、吐息が白く染まった。

リリーシャたちは、土を踏み固めただけの簡素な獣道を歩いている。こうした道を歩き慣れていないリリーシャは、何度も転びそうになってしまう。

木の根に躓《つまず》き、危うく地面に倒れ込みそうになったところを、誰かの腕が支えてくれた。顔を上げると、ロイダーが気遣わしげな目でこちらを見ている。

「ありがとう……」

リリーシャが小さく呟《つぶや》くと、彼は柔らかく微笑んだ。

時に厳しく、時に慈悲深いロイダー。彼のような王に恵まれたサンシャン王国は幸せだと思う。けれど、彼の高潔な魂《たましい》さえ復讐《ふくしゅう》の色に染めてしまうほどの絶望があったのだ。

結婚したばかりの頃のロイダーが、今のリムノンの姿と重なる。

だが、ロイダーが希望の光を取り戻しているのに対して、リムノンは未だ絶望の闇の中にいる。リリーシャと再会しても、その瞳に生気が甦《よみがえ》ることはなかった。

今のリムノンにとってリリーシャとの愛の日々は、つらい記憶でしかないのかもしれない。

ロイダーの腕の中で考え込んでいたリリーシャは、再び彼の顔を見上げる。ロイダーは何やら考え込んだまま動こうとしないリリーシャを心配しているようだった。

その優しい瞳を、リリーシャは真っ直ぐに見つめる。

彼は深い絶望を、強い悲しみを、そして激しい憎しみさえも、逃げることなく受け止めてしまった。そう思うと、リリーシャの口から無意識に疑問が零《こぼ》れ落ちた。

「ロイダー様は、どうやって苦しみを克服されたのですか？」

するとロイダーの瞳が、一瞬だけ動揺したように揺れた。

慌てて謝ろうとしたリリーシャを、彼は手でそっと制す。そして視線を前方へ向けて言った。

「……もう少しで森を抜ける。そうすればサンシャン王国の領内に入るから、そこで休もう」

決して強い口調ではなかったけれど、有無を言わせない迫力があり、リリーシャは黙って頷く。

疲れ果てた身体を懸命に動かして、目的地へと急いだ。


途中で何度か躓《つまず》きながらも、ようやく森を抜けた。

サンシャン王国に入った瞬間、安堵のあまり、リリーシャの足から力が抜ける。思わず倒れそうになった彼女を、またしてもロイダーが支えてくれた。

一行は国境付近にある小さな村に入る。護衛の一人が空き家を見つけ、リリーシャをそこへ案内した。

村に住んでいるのは老人ばかりで、リリーシャ達を道に迷った旅人だと信じ、毛布や食料を分けてくれた。

彼らが見知らぬ人にも親切にできるのは、この国が平和である証拠だろう。

リリーシャは動きにくいドレスから、簡素だけれど清潔な衣服に着替える。そして毛布にくるまって休んでいると、ロイダーが小屋に入ってきた。

「気分はどうだ？」

「はい、もう大丈夫です」

彼は村人が用意してくれたお湯に布を浸《ひた》して絞り、リリーシャの足を拭いてくれる。

「ロイダー様に、そのようなことを……」

慌てて止めようとするリリーシャ。だがロイダーはそれを制して、彼女の泥だらけの足を清めてくれた。

心から大切なものに触れるような、慎重で優しい手つき。お湯に浸した布はとても温かく、疲労がゆっくり溶け出していく感じがした。

「リリーシャ？」

心配そうに尋ねられ、リリーシャは自分の頬に涙が伝っていることに気付いた。その涙を拭《ぬぐ》おうとするロイダーの手に縋《すが》りたくなったが、それを堪《こら》えて彼に背を向ける。

「大丈夫です……。少し気が抜けただけですから」

自分には、彼に縋る資格などない。リムノンに会うため、無断で勝手な行動を取ったのだ。

それは、ロイダーの信頼に対する裏切りだった。

涙を拭《ぬぐ》い、微笑もうとしたリリーシャは、不意に背後から抱き締められた。彼女の華《きゃ》奢《しゃ》な身体を腕の中に閉じ込めたロイダーは、艶《つや》やかな銀色の髪に頬を寄せる。

「俺に気を遣う必要などない。彼に逢いたいと思うのは当然のことだ」

自分と同じ痛みを知っているからこそ、彼はそう言ってくれるのだろう。

だが、リリーシャは首を横に振る。恋人に会いたいがために、ベルファーについていったわけではないのだ。

「違います。私はただ……」

ただ、彼を止めたかった。それなのに――

「私は……何もできなかった」

そして、ニーファに会うことさえもできなかった。

これから起こるかもしれない悲劇を止めるためにグライフへ向かったにもかかわらず、何一つできなかったのだ。

無力感に苛《さいな》まれ、腕の中で震えるリリーシャを、ロイダーは強く抱き締めた。

「……俺を救ってくれたのはリリーシャだ」

「私が、ロイダー様を？」

驚いて目を見開くリリーシャ。ロイダーはゆっくりと頷く。

「これが先程の質問への答えだ。あんなに酷《ひど》いことをした俺を、憎むことも恨むこともなく許してくれた。もし互いに憎しみをぶつけ合っていたら、真実に辿《たど》り着くことなどできなかっただろう。それどころか、俺はまだ憎しみに囚《とら》われていたと思う」

（こんな私でも……。彼の役に立てたの？）

リリーシャの心の疑問に答えるように、ロイダーは深く頷いた。

髪を撫でる指、自分を見つめる瞳から感じる、親愛を越えた情熱。

リリーシャは、ロイダーの胸に身体を預けて目を閉じた。すると、髪を撫でていた指が頬に触れ、ゆっくりと涙の跡を辿る。

「だから、もう泣かないでくれ」

（温かい……）

ロイダーの手の温かさが、リリーシャに心からの安堵をもたらしてくれる。

「リムノンに会いたくて、あの場所に行ったわけではないの。ただ、彼を止めたかった。復讐《ふくしゅう》なんてやめてほしかった。それなのに……」

あの男達はリリーシャを狙っていた。結局、自分の行動によってリムノンとロイダーを危険に晒《さら》してしまったと思うと、また涙が溢《あふ》れてくる。

「そうか」

ロイダーは泣いているリリーシャを慰《なぐさ》めるように、そっと頭を撫でた。

「彼と再会したら、お前はもう戻ってこないのではないかと、俺は考えていた」

「そんな」

リリーシャは首を横に振る。

「私は、もうあなたの妻で、サンシャン王国の正妃です」

「……そうだな。俺は、少し臆病になっていたのかもしれない」

ロイダーはそう言って、先程よりもさらに強くリリーシャを抱き締めた。

「お前は俺のものだ。誰にも渡さない……」

唇を指でなぞられ、リリーシャは思わず口を開く。すると重ねられ、舌がゆっくりと入り込んできた。

「んっ……」

舌先を絡ませ合いながら、何度も何度も口付けを交わす。

「はあっ……。ああ……」

彼の優しい愛撫《あいぶ》を思い出した身体は、すぐに熱を上げて疼《うず》き出した。もう最初の頃に受けた傷は、心にも身体にも残っていない。

「リリーシャ」

ロイダーは彼女の銀色の髪を優しく撫でながら、頬や額に、触れるだけの口付けを繰り返す。

彼の声は、どうしてこんなにも優しいのだろう。その声を耳にしただけで、リリーシャの身体から力が抜けていく。

「お前に危険が迫っていると聞いた時は、生きた心地がしなかった。本当に……無事でよかった」

頬をなぞっていた指が、喉元を伝って肩へ向かう。そして衣服の隙間《すきま》から入り込み、ついに胸へと達した。

古びた小屋の外には護衛がおり、すぐ近くの家には村人が住んでいる。

だから声を出さないように唇を噛み締めて、リリーシャはロイダーの愛撫に耐えていた。

「……っ！」

誰かに声を聞かれてしまうかもしれない。そう思うと、余計に反応してしまう。

快楽に耐え切れず、リリーシャの目に滲《にじ》んだ涙に、ロイダーは唇を寄せた。

「他の者のことは気にするな。俺だけを見ていろ」

「そんな……。んっ……」

柔肉に指が喰い込む。

尖《とが》り始めた蕾《つぼみ》を指先で摘《つ》ままれ、リリーシャはびくりと身を震わせた。

「外に、人がいるのに……」

「だから何だ。俺達は夫婦なのだから、気にすることはない」

「だけど……あぁっ！」

こんな声を他人に聞かれるのは恥ずかしい。そう思って顔を背《そむ》けた途端、硬くなった胸の蕾を唇に含まれ、大声を上げてしまった。

リリーシャは慌てて口を手で押さえる。それでもロイダーは愛撫《あいぶ》の手を休めることなく、リリーシャの身体を快楽に染めようとする。

「……おねがい、……は、恥ずかしいの……」

リリーシャが涙目で懇願《こんがん》すると、ロイダーはようやく顔を上げた。

唇を唾液で濡らし、目を細めたその姿に、リリーシャはぞくりとしてしまう。

ロイダーは長い黒髪を掻き上げ、視線を窓の外に向けて溜息《ためいき》をついた。

「……ごめんなさい」

リリーシャは思わず俯《うつむ》いた。

愛し合いたかったのは、自分も同じ。けれど、誰かに聞かれるかもしれないという羞恥《しゅうち》から、彼を拒んでしまった。

落ち込むリリーシャを、不意にロイダーが抱き上げた。

「きゃっ……」

「声を立てるな」

耳元でそっと囁《ささや》かれ、リリーシャは慌てて口に手を当てる。

ロイダーは彼女を抱きかかえたまま、裏口から外へ出た。

「ロ、ロイダー様？」

老人ばかりが住む小さな村なので、護衛達も油断していたのだろう。裏口の周りには見張りがいなかった。ここがもうグライフ王国ではなく、サンシャン王国であるということも大きかったのかもしれない。

ロイダーは誰にも気付かれることなく、リリーシャを抱えたまま村はずれまで移動した。

「……気付かれないものだな」

大きな木々に囲まれた場所で、ロイダーはようやくリリーシャを下ろした。

リリーシャは戸惑いながらも左右を見回す。すると、村の明かりがすぐ近くに見えた。

遠目に護衛の姿も確認できることに気付いて、安堵の溜息をつく。

「あまり無茶なことをなさらないでください……」

爽《さわ》やかな風が吹いている。生い茂った樹木の葉が立てるざわざわという音を聞きながら、リリーシャは空を見上げた。

こんな夜中に、国王が護衛も連れずに人気《ひとけ》のない場所へ来てしまうなんて。そう咎《とが》めたら、言葉を封じるように唇を塞《ふさ》がれた。

「んっ……」

「ここならば、誰にも聞かれないだろう?」

まさか、それだけのために小屋を抜け出してきたのだろうか。

あまりのことに言葉を失うリリーシャ。その身体を優しく大木に押し付けたロイダーは、胸の膨《ふく》らみに唇を押し当てる。

「ああっ!」

胸を露出したままだったと気付いて、リリーシャの頬が紅潮する。

けれど、硬くなり始めていた胸の蕾《つぼみ》を強く吸われて、官能に再び火がついてしまった。

「やあっ……。そんな……」

確かに、ここならば誰にも声を聞かれないだろう。護衛達の姿は見えるけれど、木の葉が風で擦れ合う音が大きいので、声は届かないはずだ。

そう思った途端、リリーシャの口から嬌声《きょうせい》が上がる。

「ああっ……」

ロイダーが唇で胸を愛撫《あいぶ》しながら、腰や太腿《ふともも》を両手で撫で回していた。

彼の唾液に濡れた部分に風が当たり、ひんやりと感じる。

目を固く閉じ、ロイダーの愛撫に身を委《ゆだ》ねていたリリーシャは、ここが野外であることを思い出して更に頬を染めた。

「もし……。だ、誰かに見られてしまったら……」

声を聞かれるよりも、ずっと恥ずかしい。

思わず胸を隠そうとしたリリーシャの両手を掴み、ロイダーはその先端を舌で転がした。

「あああっ！」

「こんな時間だ。誰も来ない」

快感が背筋を駆け上がり、リリーシャはたまらず足を擦《す》り合わせる。すると、くちゅりと淫《みだ》らな音が響いた。

「もう濡れているようだな」

「そんな……。だめです……」

そう言った瞬間、下着の上から秘唇をなぞられ、リリーシャの腰が跳ね上がった。

「やあっ！」

背を反らしたことで、背後の大木に頭を打ちそうになる。それに気付いたロイダーが、彼女の背中に腕を回して抱き締めた。

その仕種《しぐさ》は深い愛情に満ちており、やや取り乱していたリリーシャの心を少し落ち着けてくれる。

「ロイダー様……」

リリーシャが震える声で名を呼ぶと、ロイダーは彼女を抱き締めたまま、耳元でそっと告げた。

「大丈夫だ、リリーシャ。俺はもう二度と、お前を傷付けるようなことはしない」

優しい声。触れられている箇所に感じる体温。

夜の冷気は、互いの温もりをより一層感じさせてくれる。

羞恥心《しゅうちしん》から行為を拒もうとしていたリリーシャだが、彼が今もあの時のことを気に病《や》んでいるのだと知って、素直に身体を預けた。

衣服の裾から入り込んだ指が、リリーシャの細い足を撫でる。敏感な太腿《ふともも》に触れられて、リリーシャの身体がびくんと反応した。

それでも優しく撫でられているうちに、段々力が抜けていく。内腿《うちもも》に滑り込んだ指は、流れた蜜の跡をゆっくりと辿《たど》りながら、少しずつ上を目指していた。

「はあんっ！」

下着の上から秘唇を擦《こす》られ、リリーシャは嬌声《きょうせい》を上げる。すると新たな蜜が溢《あふ》れて、ロイダーの指を濡らした。

彼が言っていた通り、そこは既《すで》にしっとりと濡れていた。

濡れた下着を剥《は》ぎ取られ、足を大きく開かされる。

「んんんっ。やぁ……」

夜風が当たると、それだけで耐え難《がた》い快楽が生じてしまう。秘唇が胸の鼓動に合わせて、どくどくと脈打っていた。

ロイダーはリリーシャの片足を抱え上げ、地面に膝をつく。そして、脈打つ秘唇に唇を寄せた。

「あああっ！」

ぐちゅりという音と同時に、リリーシャは再び大声を上げてしまった。

舌を差し込まれたのだと気付いた彼女は、背後の大木にしがみついて、強すぎる刺激に耐える。

ロイダーの舌は蜜を掻き出すように、激しく出入りする。足を抱えているのとは反対の手が、そっと花芯に触れた。

「くうっ……」

びりりとした痛みが、その部分に走る。

けれど、痛みよりもずっと強い快感が、身体の奥底から湧いてきた。もっと強い刺激を、もっと強い愛撫《あいぶ》を、リリーシャの身体は求めている。

溢《あふ》れる蜜を絡めた指で、もう一度強く花芯を刺激されると、たまらず腰が浮き上がった。頬を染めて身悶えするリリーシャ。その艶姿《あですがた》に、ロイダーは目を細める。そして、これまで舌で蹂躙《じゅうりん》していた秘唇に、今度は指を潜《もぐ》り込ませた。

「んんっ！　ああ……」

蜜を纏《まと》った指が、ぐっと差し込まれる。

もう痛みはなかった。リリーシャの身体は、彼に抱かれることにすっかり慣れてしまったのだろう。指で激しく掻き回されると、腰の辺りが耐え難いくらいに疼《うず》いた。

一気に深く差し込まれ、ぐぷりと蜜が溢れる。

「あんっ……」

夜闇に映える白銀の髪が、踊るように跳ねた。

白い身体は薄紅色《うすべにいろ》に染まり、瑠璃色《るりいろ》の目は虚《うつ》ろに開かれている。

「リリーシャ」

優しく名前を呼ばれ、リリーシャは快楽に支配されたまま、その声の方を見た。

するとロイダーの方も、リリーシャを見つめていた。

初めての時は氷みたいに冷徹だった瞳に、今は深い愛情が込められている。

その瞳に思わず見惚れていたら、蕩《とろ》けきった秘唇に、熱い楔《くさび》が押し当てられた。秘唇を軽く擦《こす》られると、リリーシャは自分から誘うように、足を大きく広げてしまう。

不意に両足を抱え上げられ、リリーシャは大木に背中を預けて、どうにか身体を支えた。

「あああっ」

秘唇を割り開き、楔がゆっくりと打ち込まれる。そこから広がる甘い痺《しび》れに、リリーシャはここが野外であることも忘れて嬌声《きょうせい》を上げた。

互いの粘膜が擦り合わされ、くちゅりと音を立てる。

それを恥ずかしく思う間もなく、リリーシャの意識は快楽に呑まれていった。

深く、強く、刻まれる律動。

リリーシャは両手を彼の首に回して抱きつき、秘部から全身に広がる快感に耐える。

ロイダーは腰を激しく打ちつけながらも、リリーシャの身体が傷付かないよう、背中と木の間に腕を入れて守っていてくれた。背中に感じるその温もりが、とても心地良い。

「や……。あああっ……」

リリーシャが背を反らすと、生い茂った葉の間から、輝く月が見えた。

皎々《こうこう》とした月の光が、抱き合う二人の身体を青白く照らしている。

どんなに暗い夜にも、明かりはある。決して真っ暗闇にはならないのだ。

そのことに不思議な感動を覚えていると、不意に身体をくるりと反転させられた。リリーシャは今まで背中を預けていた大木と向かい合うことになり、慌ててそれにしがみつく。

その背後から、楔《くさび》がずぷりと打ち込まれた。

これは純潔を奪われた時と同じ体勢だった。

けれど、もう恐怖は感じない。熱いものがゆっくりと出し入れされる感覚に、リリーシャは身を震わせる。

「んんっ……。はぁ……」

「つらくないか？」

そう尋ねられて、リリーシャは何度も頷いた。

腰に回されていたロイダーの手が背中を撫で、それから胸に辿《たど》り着く。

柔らかな膨《ふく》らみを両手で捏《こ》ね回され、硬く尖《とが》った先端を摘《つ》ままれて、リリーシャはまた大きな声を上げてしまった。

「あああっ！」

胸の蕾《つぼみ》を指で転がされながら、背後から激しく突き上げられると、呼吸することさえ困難になってしまう。苦しそうに喘《あえ》ぐリリーシャを宥《なだ》めるように、その背中を熱い唇が這《は》い回った。

もう護衛達のことも、村の人達のことも気にならない。今のリリーシャにとっては自分を抱くロイダーと、空に輝く月がすべてだった。

律動が段々と速くなってくる。

そしてリリーシャの快感も、高みへ駆け上がろうとしていた。

痙攣《けいれん》する秘唇が、楔を強烈に締めつける。

「あぁっ……！」

熱い迸《ほとばし》りを膣内《ちつない》で受け止めた彼女は、力の抜けた身体を夫に預けた。

これから、どんな運命が待っているのか。

とても不安だけれど、もう迷わず進むしかない。

衣服を整えた二人は、見つからないように小屋に戻る。そしてリリーシャは、ロイダーの腕に抱かれて眠りについた。


翌朝。早く目覚めたリリーシャは、小屋の前に立っていた。

澄んだ空気が、一日の始まりを感じさせる。

やがて目の前に広がる地平線に、小さな光が生まれた。

朱《あか》に染まっていく空は、夕焼けとは違ってどこか力強く、心に巣喰う闇さえも灼《や》き尽くしてくれるようだ。

憂《うれ》いも疲れも忘れて、リリーシャはそれに見入っていた。

どんな夜にも終わりがあり、必ず朝がやってくるのだ。

「リリーシャ」

不意に名前を呼ばれて、肩に腕を回される。

気付けばロイダーが隣に立ち、昇りゆく太陽を見つめていた。

「身体はつらくないか？」

「……大丈夫です」

気遣ってくれる彼に微笑み、その腕に身体を預ける。

明るい朝の陽射しを浴び、今となっては誰よりも信頼できる夫の腕に抱かれて、リリーシャは心から安堵していた。

ロイダーが一緒にいてくれる。ならばもう、何の心配もいらない。

（この国に来たばかりの頃は、こんな気持ちになるなんて想像もしていなかったのに……）

隣に立つロイダーの横顔を見つめながら、リリーシャは過去に思いを馳《は》せる。

最悪の体験を過去のものにしてくれたのは、彼の誠実さだった。

真実を知ったロイダーは良心の呵責《かしゃく》を感じ、すぐに謝罪してしまいたかったはずだ。

けれど、当時のリリーシャは心と身体を打ちのめされていたので、彼の謝罪を素直に受け止めることなどできなかっただろう。

だからロイダーは、リリーシャの気持ちが落ち着くのを待っていたのだと思う。リリーシャには時間が必要だと理解し、静かに待っていてくれたのだ。

彼の愛する人を奪ったのはニーファであり、リリーシャも彼女の姉である以上、知らなかったでは済まされない。

なのに、ロイダーはリリーシャを責めることなく、それどころかリムノンのことまで救おうとしてくれている。

（どんな人だったのかしら……。アラーファという女性は）

ふと、リリーシャはロイダーの愛した女性について考えた。

ロイダーを虜《とりこ》にするほどの女性なのだから、きっと優しくて強くて、非の打ち所のない女性だったに違いない。

「どうした？」

心配そうに尋ねられ、リリーシャは首を横に振る。

「少し疲れただけです。大丈夫……」

そう答えると、包み込むように抱き締められた。リリーシャは彼に身体を預け、ゆっくりと目を閉じる。

「ここはサンシャン王国だ。もう何の心配もいらない」

その言葉に、リリーシャはこくりと頷く。

（……でも）

これで終わりではない。この先、もっと多くの困難が待ち受けていることだろう。

けれど、逃げるわけにはいかない。戦うことはできなくても、自分なりに精一杯、できることをしよう。

そう決意して、リリーシャは顔を上げる。

朝の空には、太陽が希望の象徴のように輝いていた。

第五章　決別

リリーシャはロイダーに守られて、無事に王宮に戻ることができた。

まずはクーディアと護衛の女騎士に勝手な行動をしたことを謝り、守ってくれたことへの礼を言う。彼女達はずっとリリーシャの身を案じていたらしく、涙ながらに喜んでくれた。

あれからリムノン達はどうなったのか。襲撃者は誰の手の者だったのか。

ロイダーはすぐ密偵に探らせた。そしてリムノンは無事にグライフの王都に戻ったようだと、リリーシャに教えてくれたのだ。

（……よかった。リムノンが無事で）

リリーシャはほっとした。

襲撃者については、まだ調査中であるらしい。

気になったけれど、それ以上は聞かないことにした。

それからしばらく経ったある日。

リリーシャはクーディアを連れて王宮の中を散策していた。

サンシャン王国は、鉱山が多い国だ。その麓《ふもと》には鉱山で働く人々の村がいくつも存在している。鉱山の仕事は天候に左右されないので、収入は安定しており、国民の生活は豊かだった。

また、サンシャン王国には大きな川があるため、森や畑も多い。男達は毎日のように鉱山で働き、女達は森や畑で働いている。

子ども達は学校に通うことを推奨されているので、その中に彼らの姿はない。だが学校が終わる夕方になれば、きっと豊かな自然の中で遊び回るのだろう。

その活気は地方だけではなく、この王都にも満ちている。

（この国は素晴らしいわ……）

廊下の窓から城下を見下ろしていたリリーシャは、人々の幸せそうな雰囲気に思わず笑みを浮かべた。

ここは王宮の中で最も城下に近い場所だ。王族の居住エリアからは城下が見えないので、クーディアに頼み、ロイダーの許可を得て連れてきてもらったのだ。

実は先程、祖国から一通の手紙が届いた。その内容があまり宜しくないものだったので、リリーシャは少し気落ちしていた。だから気分転換のために、王宮を散策しようと思ったのである。

「リリーシャ」

不意に背後から名前を呼ばれ、リリーシャはゆっくりと振り向いた。

「ロイダー様」

彼は優しげな笑みを浮かべ、リリーシャの肩を気遣わしげに抱く。

「もう風が冷たくなってきた。窓の近くは冷えるから、もっと中に入った方がいい」

「はい」

体調を崩しやすいという自覚があるので、リリーシャは素直に頷き、促《うなが》されるまま自分の部屋へ戻る。

「……何かあったのか？」

部屋に戻ってすぐに、ロイダーがそう尋ねてきた。リリーシャは驚き、片手を頬に当てる。

「やっぱり、ロイダー様にはわかってしまいますね」

気落ちした様子を見せないようにしていても、常にリリーシャに気を配ってくれる夫には隠せないようだ。

「……実は、父が体調を崩しているという連絡があったのです。母が亡くなって気落ちしたせいか、ずっと病気がちでしたので……」

「そうか。それは心配だろう」

ロイダーに肩を抱かれたリリーシャは、そのまま彼の胸に寄り添う。

「はい。色々思うところはありますが、やはり自分の父ですから」

結婚を強要された時は、父を恨んだこともあった。けれど無理矢理歩かされたはずのこの道を、今は自分の意志で歩いている。

もっと幸せな道があったのかもしれないけれど、どの道を進んだとしても、完璧な人生などないだろう。

やがて仕事に戻るというロイダーを見送り、リリーシャは部屋の窓から庭園を見つめた。

（……お父様。私はここで、サンシャン王妃として生きていきます）

◆　◆　◆

執務室に戻ったロイダーは、椅子に腰掛け、深く溜息《ためいき》をついた。

窓から入り込んできた風が、彼の黒髪を揺らす。

（グライフ国王が病《やまい》か。……これからあの国は荒れるな）

先日グライフ王国を訪れようとしたリリーシャを襲ったのは、妹王女であるニーファの手の者だと判明した。

恐らく殺そうとまでは思っていなかったのだろう。いくら嫉妬《しっと》に狂っていても、他国の王妃を暗殺したとなれば、大変なことになる。

しかし、あの襲撃でリリーシャが引き下がらなかったら、怪我をさせてでも止めようとしていたのかもしれない。だからこそ、あのリーダー格の男は弓を放ったのだろう。

もしリムノンが事前にそれを察知していなければ、リリーシャは大怪我をしていた可能性もある。それを思うと、やはり行かせるべきではなかったと、後悔の念が胸に広がる。

（だが、二度目の襲撃は、リリーシャを狙ったものではなかった）

それは、彼女にはまだ告げずにいる事実。

あの小屋を襲撃した者達の狙いは、リムノンだった。それがわかっていたからこそ、彼はリリーシャを隠し部屋に匿《かくま》い、小屋を離れたのだろう。

彼を襲ったのは、もちろんニーファの手の者ではない。リムノンの存在を危険視し、彼を排除しようとしている者がグライフ王国内にいるのだ。

それが誰なのかは、まだわからない。けれどニーファは間違いなく激怒しているだろうし、その者を決して許さないはずだ。

（いや、待て。グライフ国王の病《やまい》は本当なのか。それとも……）

リムノンとの結婚に反対する声を封じるために、ニーファが父である国王を退位させ、自《みず》ら政治の表舞台に立つつもりなのかもしれない。

グライフ王国において女性が王になった例はないが、国王代理ならば女性でもなれる。たとえ父という隠れ蓑《みの》がなくなっても、ニーファの動きは衰《おとろ》えないだろう。

だが、リムノンを暗殺しようとした者が、このまま大人しく引き下がるとは思えない。

これから、あの国は間違いなく荒れる。

隣国として、そして同盟国として、やらなければならないことはたくさんある。けれど、リリーシャのことを思うと、ロイダーの口から深い溜息《ためいき》が漏れてしまう。

（……以前ならば、もう少し冷静に動けたと思うが）

またリリーシャが泣くかもしれない。そう思うだけで、こんなにも心が乱れる。

彼女は涙を流している時でさえ美しいが、その姿はあまりにも儚《はかな》く、見ているだけで胸が押し潰されそうになる。

だから彼女が涙を流さなくても済むように、できる限りのことはしなければならない。

そう考えたロイダーは、引き続きグライフ王国の詳細を探るよう密偵に命じた。

あれほど憎んだあの国の行く末を、こうして憂《うれ》う日が来るとは。

ロイダーは自身の心境の変化に驚いていた。


数日後の晩。

ロイダーは密偵から連絡を受け、例の地下室に来ていた。リムノンの仲間のベルファーという男と会うためだ。

リムノンからリリーシャ宛ての手紙を託されたベルファーは、自ら密偵と接触し、その手紙を渡そうとしたという。密偵は、彼を見つけたら王宮に連れてくるようロイダーから命じられていた。だから、手紙を受け取ることを条件に、ベルファーをここへ連れてきたのだ。

ロイダーは、グライフの内情を深く知るであろう彼と、一度話をしたいと思っていた。

（……手紙、か）

なぜリムノンは、こんな時に手紙など渡そうとしたのだろう。

彼がリリーシャを傷付けるとは思わない。けれど、その内容が彼女を少しでも悲しませるものであるなら、渡すことはできない。

目の前に立つ赤髪の男——ベルファーは、臆《おく》することなく真正面からロイダーを見つめていた。

その荒《すさ》んだ雰囲気から察するに、あまり真っ当な人生を歩んできたようには思えない。

だが、その瞳には何事にも揺るがない、固い覚悟のようなものが秘められていた。

「リムノンとは、どこで知り合った？」

ロイダーが心に浮かんだ疑問をそのまま口にすると、ベルファーは少し戸惑った様子を見せた。そして、視線を逸《そ》らして答える。

「……グライフの王都のスラムで。あいつは貴族のくせに、護衛も連れず一人で歩いていた」

ベルファーは金品を奪う目的で声を掛けたらしい。

けれど振り返ったリムノンは、闇の深淵《しんえん》を覗き込んでいるような、あまりにも暗い瞳をしていたという。

「俺達の仲間は皆、グライフの貴族に何かしらの恨みを持っていてね。俺もとある貴族に妹を殺された。だから、あいつに協力しようと思った」

「目的は、グライフ王国への復讐《ふくしゅう》か」

「そうだ。だが、あいつは仲間じゃない。……共犯者、とでも言うべきか」

彼らを結び付けていたのは、グライフ王国への復讐心だったのだ。

「あいつは……。復讐を果たしても、いや、たとえあの国を滅ぼしたとしても、決して救われないだろう」

リムノンは仲間ではない。

そう言い切ったベルファーだが、唇を噛み締めて俯《うつむ》く姿は、彼を案じているように見える。

「この手紙を、王妃に渡してくれないか？」

「本当にリムノンが書いたのか？」

「ああ。だが、あんたが危惧《きぐ》しているような内容じゃない。あいつなりの、決別の手紙だと思う」

「……決別」

今のリムノンを支えているのは、きっとリリーシャへの愛だけだ。なのに、彼はそれさえも手放そうとしているのだろうか。

「もう駄目なのか？」

ロイダーは、思わずそう呟《つぶや》いた。

もう、彼を救うことはできないのだろうか。

「止められるとしたら……。あの王妃だけだろう」

ベルファーは俯《うつむ》いたまま、ぽつりと呟《つぶや》く。

わざわざ決別の手紙を書かなければ振り切れないほど、リムノンはリリーシャを愛している。

ベルファーの言う通り、彼を止められるのは、リリーシャだけかもしれない。

ロイダーは頷き、その手紙を受け取る。ベルファーは少し安堵した様子だった。

「これからどうするつもりだ?」

「グライフに戻る。俺は共犯者として、最後まで見届けなくては」

たとえ、この先には破滅しか待っていないとしても、リムノンと運命を共にする覚悟なのだろう。

「……別の部屋に案内しよう。そこにリリーシャを呼ぶ」

ロイダーにとっても、リムノンの怒りや絶望は他人事ではない。もしまだ救える術《すべ》があるのならば、手を尽くすつもりだった。

ベルファーは素直に従い、ロイダーと共に地下室を出た。

◆　◆　◆

その日は、朝から雨が降り続いていた。

リリーシャは湿気で纏《まと》まらない髪を結い上げ、濃い緑色のドレスを身につけている。

（……雨、やまないかしら）

雨音は、あまり天候に恵まれない祖国グライフを思い出させ、リリーシャは少しだけ感傷的な気分になってしまう。

窓に付いた水滴が集まり、やがて流れ落ちていくのを、ぼんやりと眺めていた。

そんな時、侍女のクーディアからロイダーが呼んでいると聞かされ、リリーシャは首を傾げる。

「ロイダー様が？　……わかりました。すぐに向かいます」

指定された場所は、国王の執務室だった。そのことから、王妃としての対応を求められていると察し、クーディアの手を借りてきちんとしたドレスに着替える。

ロイダーと心を通わせるようになってからは、時々王妃としての仕事をさせてもらえている。慈善事業が中心であり、政治に直接関与することはなかったけれど、それでも嬉しかった。サンシャン王妃として必要とされていると感じられるからだ。

国王の執務室でリリーシャを待っていたのは、あの片眼の男——ベルファーだった。

「……あなたは」

旅の剣士のような服装をしたベルファーは、リリーシャの声を聞いて振り向く。

彼がここにいる理由がわからず、リリーシャは戸惑った。

視線をロイダーに向けると、彼が経緯を説明してくれた。ベルファーがグライフ王国からわざわざこの国にやってきたのは、リムノンの使いとしてらしい。

ベルファーは、その隻眼《せきがん》に強い使命のようなものを帯《お》びて、真っ直ぐにリリーシャを見つめる。

「あの……」

以前助けてもらった礼を言おうとしたリリーシャに、彼は無言のまま一通の手紙を差し出す。

「リムノンからのようだ」

ベルファーの代わりにロイダーが説明してくれた。

だが、すぐに受け取ることができず、リリーシャは黙ってその手紙を見つめる。

(……リムノン。……ニーファ。お父様……)

グライフ王国で暮らしていた頃の記憶が、不意に甦《よみがえ》る。

王女として生まれたことについて深く考えもせず、誰にも傷付けられることのない、安全な世界で生きていた。言わば温室の中で育てられていたようなものだ。

けれど国外に嫁いでから、人生が一変した。

つらいことや悲しいことも多かったし、これからはもう嘆き悲しむ人生を送るしかないと覚悟を決めたこともある。

それでも、生きている限りまた環境は変わる。そして心も変わっていく。

リリーシャは隣に立つロイダーを見上げた。

彼がこんなにも優しくしてくれるなんて、自分がこんなにも彼を頼りにするなんて、結婚当初は思いもしなかった。

（リムノンからの、手紙）

何となく、別れの言葉が書かれている気がする。

それは、彼がリリーシャと再会しても、復讐《ふくしゅう》心を捨てることができなかったからだろうか。

だが、彼の願いだというのならば、この手紙を受け取らなくてはならない。

リリーシャは唇を強く噛み締め、リムノンからの手紙を受け取った。

「その手紙――」

ベルファーは何かを言いかけて、一度言葉を切った。そして考え込む様子を見せる。

少ししてから、再びリリーシャを見つめた彼の瞳は、強い光を宿していた。

「その手紙に何が書かれているのか、俺にはわからない。だが何が書かれていたとしても、返事を書いてくれないか？　もしかしたら……あいつを思いとどまらせることができるかもしれない」

「え……？」

リリーシャは驚き、ベルファーを見つめる。

彼はリムノンを止めようとしているのだろうか。

リリーシャがロイダーに視線を向けると、彼は深く頷いた。

「……わかりました。申し訳ありませんが、少しお待ちください」

そう言ってリリーシャは、クーディアと共に自室に戻った。そして一人寝室に入り、急いで手紙の封を切る。

きっとこれが、リムノンからの最後の言葉となるだろう。

手紙は、そう長いものではなかった。

リリーシャは懐かしい文字に、さっと目を走らせる。

〝あなたと別れてから、世界が色を失ったように感じていた。

けれど元々自分にとって、世界などあまり意味のないものだったのかもしれない。

それでも一つだけ願っているのは、あなたの幸福だ。

あなたが何を思っていても、誰を愛していてもいい。

この先の人生を、幸福に生きてくれるのならば。

もう過去のことは忘れ、サンシャン王国の王妃として、幸せになってほしい〟


「リムノン……」

託された手紙に書かれていたのは、予想していた通り別れの言葉だった。

リリーシャの幸せを祈っているという言葉に、唇を噛み締める。

（私だって願っているのよ。あなたの幸せを……）

そう手紙に書いても、彼には伝わらないかもしれない。それでも書かずにはいられなくて、リリーシャは素早く返事を書き上げた。

ベルファーはこれを受け取ったら、すぐにグライフへ戻るのだろう。

この手紙でリムノンを止められるとは思えないけれど、わずかでもその可能性があるのならば、ただ祈るしかない。

執務室はそう遠くないので、リリーシャはクーディアに部屋で待機しているように告げ、一人で執務室へ向かった。そしてベルファーに、リムノン宛ての手紙を差し出す。

「これを、リムノンに渡していただけますか？」

彼は神妙《しんみょう》な顔で頷き、手紙を受け取った。

「必ず渡すよ」

それからベルファーは、すぐに王宮を出ていった。

彼を見送った後、リリーシャは祖国グライフと続く空を見つめる。

そして、まるで叶わない恋に焦《こ》がれている少女のような、切なげな表情で目を閉じた。

そんな彼女の細い肩を、ロイダーが優しく抱き寄せてくれる。

（私はここで、この人の隣で、生きていく……）

リリーシャは過去に思いを馳《は》せながら、ロイダーの腕にそっと身を委《ゆだ》ねた。

◆　◆　◆

激動の最中《さなか》にあるグライフ王国。

王宮のとある一室で、窓から王都の様子を眺めつつ、リムノンは静かに思考を巡らせていた。

ニーファを騙《だま》し、婚約することなど簡単だった。なかなかの策略家である彼女も、リムノンの前ではただの恋する女に過ぎない。

だが、ニーファの本性に気付き、グライフ王国の未来を危惧《きぐ》する声が聞こえ始めている。彼女の暴走がリムノンのせいだと勘付いて、刺客を送ってきた者もいた。

あの襲撃者達が誰の手の者なのか、別に興味はない。今のリムノンはもう、自分の命さえどうでもよくなってしまっている。

元々リムノンにとって、グライフ王国など大した意味は持たなかった。たまたまそこに生まれたというだけだ。リリーシャがいない今、思い入れも未練もまったくない。

けれど今になって、国の重さというものを初めて実感していた。

この国を守ろうと、戦っている人達がいる。彼らにとって国は何よりも大切で、決して失ってはならないものなのだろう。

リムノンは細くて長い指で顔を覆《おお》い、唇を強く噛み締める。

リリーシャを犠牲にして成り立っている国など滅んでしまえと、本気で願っていた。

その願いを叶えるために、誰よりも憎んでいるニーファに近付いたのだ。

（それなのに……）

罪のない人達と戦ってまで、この国を滅ぼそうという気力は失われていた。あれほど心を占めていた復讐《ふくしゅう》という目的でさえ、もうどうでもいいものとなってしまっている。

その、きっかけは——

リムノンは、あの森での出来事を思い出す。

束の間の再会を果たした、元恋人。

その美しい姿は、今も脳裏に焼き付いている。

あの森で彼女と会ってから、この胸を支配していた憎悪は、少しずつ薄れていった。

本当は会いたくなかった。それなのに……

（……リリーシャ）

ほんのわずかな時間に交わした言葉が、触れた体温が、こんなにも自分の心を変えてしまうとは思わなかった。

彼女の声。言葉。そして頬を伝う涙が、心の奥底まで染み込んでいたはずの憎しみを、すべて消し去ってしまったのだ。

ロイダーの密偵が小屋の周辺を探っていたようなので、きっとリリーシャは今、彼の保護下にいるに違いない。それを見越して、リムノンは彼女を一人あの小屋に残してきた。

リリーシャは、あの国で幸せになれるだろう。

そう思うと、心の底から安堵できる。

(サンシャン国王ロイダー。あの人にならば、リリーシャを託せる。俺よりもずっと、彼女を幸せにしてくれるに違いない……)

それは希望ではなく、確信。

だから本当は、手紙を送る必要などなかった。リムノンが案じなくても、彼女が幸せになれるとわかっている。手紙を送ったのは、あくまで自分なりのけじめだった。

少し前までは、リリーシャの犠牲の上に成り立つこの国が許せなかった。それで自《みず》らが王となり、この国を破滅に導《みちび》こうと考えていたのだ。

けれど、国というものは自分が考えていたよりも、ずっと重いものなのだと思う。それにリリーシャは、今でも祖国を愛しているのだろう。

だからもう、この国を滅ぼそうとまでは思わない。

——けれど。

(……ニーファだけは、許さない)

ニーファへの復讐。

それだけは、何があっても果たそうと決めていた。

グライフという国がこれからも存続していくとしても、ニーファが何の痛みも知ることなく生きていくのだけは許せない。

そう思っていたところへ、侍女から声が掛かる。

「あの、ニーファ様がお見えです……」

彼が纏《まと》っている殺気に気付いたのか、侍女は怯《おび》えた顔で告げた。

リムノンはただ静かに頷き、了承の意思を伝える。

すると、すぐに軽やかな足音が聞こえてきた。

「リムノン？」

弾んだ声で彼の名前を呼びながら、ニーファが部屋に入ってくる。

肩の辺りで切られた茶色の髪に、質素な服装。姉のリリーシャに比べると、かなり地味な女性だ。

ニーファは笑みを浮かべてリムノンに触れようとした。だが、リムノンは彼女を冷たい目で一瞥《いちべつ》した後、視線を逸《そ》らす。

「……どうしたの？」

いつもと雰囲気が違うことに気付いたのだろう。震える声で尋ねてくるニーファ。今にも泣き出しそうな様子で、その場に立ち尽くしている。

それでも、リムノンは一切反応しなかった。

「えっと……」

沈黙に耐えきれず、ニーファが小さく呟《つぶや》く。

だが、それにもリムノンは返事をしない。

「リムノン。私、何か……した？」

涙声で尋ねられ、リムノンはようやく彼女に向き直る。

けれど、その瞳は凍り付いたままだった。

「……リムノン？」

ニーファから差し伸べられた手を振り払い、リムノンは彼女に背を向ける。

「ニーファ。どうして俺がお前と婚約したかわかるか？」

「え……」

突然の問い掛けに、ニーファは戸惑った様子を見せる。

答えることができずに俯《うつむ》くニーファを見て、リムノンはぞっとするほど冷たい笑みを浮かべた。

「理由は一つ。お前と結婚して王となり、この国を滅ぼすつもりだった。俺は、お前がリリーシャにした仕打ちを決して許さない」

自分の悪行がリムノンに伝わること。

それを何よりも恐れていたであろうニーファは、リムノンが最初からそれを知っていたこと、そして自分に復讐《ふくしゅう》するために婚約したことを知って蒼白になる。

「そんな……。リムノン、わたしは……」

何かを言いかけたニーファだが、結局何も言えずに黙り込む。聡明な彼女は、今さら言い訳しても無駄だとわかったのだろう。

そんな彼女を氷のように冷たい目で見つめながら、リムノンは告げる。

「この国を滅ぼすのはやめた。リリーシャにとっては大事な祖国だろうからな。俺はこの国を出て行き、お前とも二度と会わない」

その言葉に、ニーファは大きく目を見開いた。

リムノンは表情を少しも変えることなく続ける。

「お前はリリーシャを裏切ってまで手に入れたものを、失うことになるんだ。大切なものを失うつらさが、お前にもわかるだろう」

ニーファの唇が震え、頬に涙が伝う。

既《すで》にリムノンとの幸福な未来を思い描いてしまっていたのだろう。だからこそ、リム

「っ！」

ノンの言葉はニーファの心を深く切り裂いたはずだ。

「リリーシャがどんなに傷付いたか、どんなに涙を流したか、思い知るといい」

残酷な言葉を残し、リムノンは一度も振り返ることなく部屋を出て行く。

「待って、あなたに捨てられたら、わたしはもう……生きていけないっ」

扉を閉める寸前、ニーファの悲鳴のような声が聞こえた。

けれどもう、どうでもいい。

リムノンは王宮の出口を目指して歩き、途中で中庭に立ち寄る。

そこにはリリーシャと一緒に見守っていた花が植えられていた。だが、彼女がサンシャン王国に嫁いだ時、リムノンはその花を剣で斬り裂いてしまったのだ。

見守る人がいなくなってもなお咲き誇ろうとしている花が、許せなくて。

それなのに……花は咲いていた。

あれほど無残に斬り裂かれたにもかかわらず、薄紅色《うすべにいろ》の美しい花を咲かせている。

そのことに気付いた瞬間、何の感情も宿していなかったリムノンの瞳から、涙が零《こぼ》れ落ちた。

あの森でリリーシャと再会した時、あれほど愛した彼女の存在を、とても遠くに感じていた。

自《みずか》らの意思で闇に堕《お》ちた自分はもう、元には戻れない。戻ろうとも思っていない。

けれど、本当は今でも愛している。

（……リリーシャ）

リムノンは俯《うつむ》き、しばしその場に立ち尽くしていた。

そのままの体勢で、どのくらい佇《たたず》んでいただろう。

ふと気付くと、先程まで晴れ渡っていた空は、不気味な灰色の雲に覆《おお》われていた。

いや、雲ではない――煙だ。

不審に思って周囲を見回すと、中庭の四方を囲む王宮が炎に包まれていた。

すべてに絶望したニーファが火をつけたのかもしれない。

空気が熱を帯《お》びており、煙を吸い込んでしまったせいか喉の奥が痛んだ。

美しかった王宮が、見るも無惨な姿に変容していく。

けれどリムノンは逃げようともせず、ただ咲き誇る美しい花々を見つめていた。

（これで、ようやくすべてが終わる……）

「……何をしてるんだ？」

不意に声を掛けられ、リムノンは顔を上げた。すると、そこにはサンシャン王国に向かわせたはずのベルファーの姿があった。

炎の中を突き進んできたのか、腕に火傷《やけど》を負っている。

（……帰ってきたのか）

リムノンは驚いた。何となく、もう戻らないのではないかと思っていたからだ。ベルファーもまた復讐《ふくしゅう》心を胸に抱いているけれど、リムノンのそれのように無軌道なものではない。だからこそ、いつかは自分から離れていくのだろうと考えていた。

「この花を見ていたんだ。咲くとは思わなかったから。今の俺にとっては意味のないものだけれど、それでも最期《さいご》に、この花が咲いているのを見られてよかった」

リムノンは静かにそう答えた。

「もうすぐこの王宮は焼け落ちるぞ。逃げないのか？」

「……逃げてどうする？　罪深いのはニーファだけではない。俺もだ。きっと死んだら地獄に堕《お》ちるだろうが、生きていたって、どうせ地獄だ」

幸せな未来を想像することなど、まったくできなかった。

「ニーファ王女はどうした？」

「さあ。やけになって王宮に火をつけたのかもしれないな。彼女に謝罪するつもりも、その必要もないけれど、その想いを利用して傷付けたのは事実。ニーファが死にたいのなら、せめて最期は共に死んでやろうと思う」

これ以上の会話を拒絶するかのように、彼は目を閉じる。

せめて、最期はこの花の傍《そば》で——

そう思っていたのに、ベルファーが強引に彼の腕を引っ張った。

「王女は死なない。俺がここから助け出す。だから、お前も早くここから逃げろ」

「……何のために？」

生きていく意味など、もうとっくに失っている。たとえニーファが生き延びたとしても、更に痛めつける気にはならなかった。

「手紙を預かってきた」

「……手紙？」

「ああ。サンシャン王妃から」

「……リリーシャ」

リムノンは切なげに目を細めた。

死人のように生気のなかった顔に、少しずつ赤みが差してくる。

「手紙はアジトにいる仲間に預けてある。それを受け取ったら、この国を出ろ。もうここには戻らない方がいい」

ベルファーはそれだけ言い残すと、リムノンを置いて走り去った。きっと言葉通り、ニーファを助けに行ったのだろう。

(リリーシャからの、手紙)

彼女の存在が、リムノンをこの世に繋ぎ止める最後の楔《くさび》だ。ベルファーはそれをよく知っている。

リムノンは立ち上がった。そして何とか通れそうな道を見つけ、建物の中へと走る。

不意に、背後から大きな音がした。振り向くと、中庭に火を纏《まと》った柱が倒れていた。

まさに間一髪《かんいっぱつ》だった。

建物に入ったリムノンは、煙の少ない方向を選んで走る。

焼け焦《こ》げた絨毯《じゅうたん》。煤《すす》だらけになった壁。

呼吸と共に入り込んだ熱が、肺まで灼《や》き尽くしてしまいそうだ。

(手紙を、読まなければ……)

その思いだけが、リムノンの身体を動かしていた。

彼は裏口を目指して走る。正門の辺りには、多くの人間が集まっているだろう。そちらへ行けば面倒なことになる。

裏口の近くに辿《たど》り着くと、リムノンは窓を破ってそこから外に飛び出した。避難通路を確保するためか、裏門は開け放たれたままで、警備兵もいない。

王宮からの脱出を果たしたリムノンは、王都の喧噪《けんそう》の中へと姿を消した。

◆◆◆

グライフ王国の王宮が、焼け落ちた。

その報告を、リリーシャはロイダーの傍《かたわ》らで聞いた。

白猫を抱いて夫と和《なご》やかに談笑していた彼女は、その知らせを聞いた途端、血の気が引いた。顔が一瞬で青ざめ、今にも倒れそうになってしまう。

「どうして……」

ふらつく身体をロイダーが支え、冷たい手を握ってくれた。

「それで、被害は？」

ロイダーの問いを受け、リリーシャに気遣わしげな視線を送っていた密偵が、表情を引き締めて返答する。

「怪我人が多数。使用人の中には、逃げ遅れて亡くなった者もいるようです。グライフ国王は静養のために王都を離れていたので無事でした。王女ニーファもどうにか脱出しましたが、酷《ひど》い火傷《やけど》を負っているとのことです」

「そんな……。ニーファが」

妹を襲った災難を思い、リリーシャの目に涙が浮かぶ。どんなに酷《ひど》い目に遭《あ》わされても、ニーファはリリーシャにとって大切な妹だった。

ロイダーは眉を顰《ひそ》めて、更に問う。

「王女の婚約者は？」

その言葉にはっとして、リリーシャは目の前の密偵を見つめた。

「グライフでは行方不明とされていますが、どうやらベルファァーの手引きで無事に脱走したようです。しかし、その後の消息はわかっていません」

彼が無事だと知って、ロイダーもリリーシャも胸を撫で下ろした。

「王女は婚約者を捜《さが》していないのか？」

「はい。しばらくは焼け跡を捜索させていたようですが、生存の見込みが薄いだろうと考え、打ち切ったそうです」

「そんなはずないわ。ニーファならきっと……」

リリーシャは不安げな表情で、支えてくれているロイダーの腕に縋《すが》る。

姉の恋人であっても諦《あきら》め切れないくらい、リムノンを愛していたのだ。決定的な証拠が見つかるまで捜索を続けるのが自然だろう。

それなのに、なぜ簡単に打ち切ってしまったのか。

困惑するリリーシャの背中を優しく撫でながら、ロイダーは質問を重ねる。

「火災の原因は？」

「公《おおやけ》にはなっていませんが、どうやら放火のようです。王女と婚約者との間で何か不和が生じ、それを嘆いた王女が自《みずか》ら火を放ったと」

「……そうか」

リムノンは、とうとう復讐《ふくしゅう》を果たしたのだ。

きっと、本当は愛してなどいないと、むしろ誰よりも憎んでいると、ニーファに告げたのだろう。

「他にわかったことは？」

「王女の婚約者を救出した後、ベルファーは王女と一緒にいたところを、警備兵に発見されました。彼はリムノンだけでなく、王女をも助け出そうとしたらしいのです」

「……そうか」

ロイダーは頷き、密偵を下がらせた。

そしてリリーシャに向き直り、そっと手を握る。

「ベルファーは、あの手紙をリムノンに渡したのだな」

不安げなリリーシャを抱き寄せて、ロイダーは静かに続ける。

「だからこそ、リムノンは王宮から脱出したのだろう。そうでなければ、恐らくそのまま……」

王宮と運命を共にしただろう。

「こんな私でも、少しは役に立てたのでしょうか」

リリーシャは両手を胸の前で組み合わせ、目を閉じて尋ねた。

「リムノンを救ったのは、間違いなくリリーシャだ。いくらベルファーが助けだそうとしても、あの手紙がなければ、彼は逃げなかっただろう」

ロイダーの優しい言葉が胸に響く。肩を抱いてくれている彼に、リリーシャは身体を預けた。

今、リムノンはどこにいるのだろう。

(生きてさえいれば、いつかきっと、また笑える日が来る。だから、どうか生きていて……)

リリーシャには、そう祈ることしかできなかった。

その後、執務室に向かうというロイダーを、リリーシャは静かに見送った。少し疲れた様子で歩いていく彼の後ろ姿を見つめながら、白い猫を抱き締める。そして自《みずか》ら私室に戻った。

長椅子に腰かけて庭を眺めているうちに、いつの間にか夕方になっていた。

美しい庭は、一面緋色《ひいろ》に染まっている。その色が炎を連想させて、リリーシャは首を横に振った。

思い出のある王宮が焼け落ちてしまったことよりも、今はニーファの火傷《やけど》の方が気掛かりだ。

（あまり酷《ひど》くなければいいのだけど……）

考え事をしたいからと言ってクーディアを早めに下がらせたので、リリーシャは今、部屋に一人きりだ。

窓を開けてみると、爽《さわ》やかな風が部屋の中に入ってきた。気温はグライフよりも高いのに、湿気の少ないサンシャン王国は、むしろ過ごしやすい。

庭の噴水から、水が空に向かって勢いよく噴き上がっている。その美しい光景が、リリーシャの不安な心を少し静めてくれた。

その涼しげな水音と、咲き誇る美しい花々に惹《ひ》かれ、リリーシャは庭に出た。

ロイダーの元恋人が好きだったという花は、もう時季が過ぎて枯れてしまっている。代わりに、木々には青々とした葉が生い茂っていた。

その鮮やかな緑色が、季節が確かに巡っていることを教えてくれる。

サンシャン王国は今、夏の盛りだ。

庭園を眺めながら、リリーシャは考える。

（アラーファという女性は、どんな人だったのかしら？）

そしてロイダーと、どんな風に愛を交わしたのだろう。

そう考えて、リリーシャは首を横に振る。

考えても仕方がない。それなのに、どうしてこんなに気になってしまうのか。

もどかしい気持ちで、リリーシャは暮れゆく空を見つめていた。


夕食の席に、ロイダーは姿を現さなかった。

グライフ王宮の騒動に伴う近隣諸国の様子が気になり、その調査に奔走《ほんそう》しているようだ。

リリーシャは、一人きりの食事を早々に済ませた。

嫁いだばかりの頃は、一人の時間をあれほど欲していたのに、今はとても寂しい。

さっさと眠ってしまおうと思い、夜着に着替えて寝台に横になっても、眠気はやってこなかった。

窓から見える月があまりにも美しくて、その光に誘われるまま、リリーシャはもう一度庭に出る。

今日は満月だ。冴え冴えとした月の光が、夜の庭園を照らしている。物悲しい光景に、寂しさがますます募っていく。

色々なことがありすぎて、少し疲れているのかもしれない。気付けば自《みずか》らの身体を抱き締めるように、両手で肩を抱いていた。

(たとえ眠れなくても、寝室に戻ろう……)

そう思って、部屋に戻ろうとした時。

「……リリーシャ?」

その声に振り向けば、庭園の入り口にロイダーが立っていた。

仕事を終えたばかりなのだろう。昼に会った時の服装のまま、少し戸惑った様子でこちらを見ている。

「どうした?　泣いていたのか?」

それは気遣わしげな、優しい声だった。執務で疲れている彼に心配を掛けてはいけないと思い、リリーシャは無理に笑顔を作る。

「いいえ、大丈夫です。もう寝室に戻ります」

そう言って、背を向けようとしたのに——

気が付けば、ロイダーの腕に囚《とら》われていた。

「え？」

「そんな顔をしているお前を、このまま帰せるわけがない」

そう耳元で囁《ささや》かれる。

リリーシャは彼の胸に額を押し当て、背中に両手を回した。

(温かい……)

少し冷えた身体を包み込んでくれる、優しい温もり。

先程までリリーシャを苛《さいな》んでいた寂寥感《せきりょうかん》が、あとかたもなく消えていく。

彼はいつだって、つらい時こうして傍《そば》にいてくれた。

最初の頃に流した涙は、もう記憶の底に埋もれてしまっている。

ロイダーに抱き締められたまま、リリーシャはそっと空を見上げた。

「妹のことを、考えていたのです」

「ニーファ王女のことを？」

リリーシャにとってはあくまで大切な妹だが、ロイダーにとっては憎しみの対象かもしれない。

だから、こんな話をしていいものかと躊躇《ためら》っていたら、彼は促《うなが》すように髪を撫でてくれた。

その手に勇気づけられ、リリーシャは言葉を続ける。

「はい。確かに妹のしたことは許されないことですが、リムノンへの愛だけは、きっと本物だったと思うのです。それを失って、どれだけ傷付いているだろうかと……。それに、火傷《やけど》のことも気になります」

「……そうか。あまり酷《ひど》い火傷でないといいな」

そう言ってくれるロイダーの優しさが嬉しくて、リリーシャはようやく微笑むことができた。

「ロイダー様……」

彼の愛は、リリーシャの孤独も痛みも、すべて消し去ってくれる。

（私は……）

今まで心の奥底で燻《くすぶ》っていた彼への想いは、間違いなく愛と呼べるものだ。

それはリムノンに対して感じていたような、甘いときめきとは違う。けれど、心の深いところで繋がっていると感じられる、穏やかで優しい愛だった。

——幸せになってほしい。

リムノンの言葉が脳裏に甦《よみがえ》る。

行方を眩《くら》ませた彼を、無理に探し出そうとは思わない。あの手紙を読んでくれたのならば、きっとどこかで生きている。リリーシャはそう信じていた。

もう道は分かれてしまったけれど、心から愛していた人の願いならば、叶えたい。

ロイダーの傍《そば》にいれば、自分はリムノンの望み通り、幸せになれるに違いなかった。

リリーシャが手を差し伸べると、ロイダーはしっかり握り返してくれた。そっと見上げれば、そのまま口付けをされる。

唇を軽く合わせるだけの、優しい口付け。けれど触れた部分から感じるロイダーの体温に、心が鷲掴《わしづか》みにされるような、切ない気持ちが湧いてくる。

心だけではなく身体も、彼に強く惹《ひ》き付けられていた。

月の光が眩《まぶ》しい。

きっと今夜は眠れないだろう。


それからは、静かで平穏な日々が続いた。

ロイダーはどんなに忙しくても、朝食だけは共にしてくれる。けれど、かなり多忙な様子で、執務室の明かりが真夜中近くまでついていた。

こんな時、アラーファだったら彼の役に立てるのだろうか。

そう思って、リリーシャは政治の本を読んでみた。しかし、この国のことをまだまだ理解できていないと実感させられただけだった。

ロイダーの役に立つためには、もっともっと勉強しなければならない。

そんな風に思っていた、ある日のこと。

朝食後に、ロイダーから「話がある」と言われた。

ここには今、自分達二人しかいない。だから先を促《うなが》すと、ロイダーは話を続けた。

「サンシャンとの国境近くで、グライフ国王とニーファ王女が静養しているらしい」

「お父様と……ニーファが？」

サンシャンとの国境近くは温暖で、とても過ごしやすい場所だ。

身体を壊した母親の静養のために建てられた離宮は、リリーシャがグライフ王国に向かった時に立ち寄ろうとしていた場所でもある。

きっと二人はそこにいるのだろう。

（……国境のすぐ近くに、ニーファがいる）

リリーシャは唇を噛み締める。

裏で政治を牛耳《ぎゅうじ》り、暗躍していた妹。リムノンを手に入れるために自分を他国に嫁がせ、彼と会わせまいと賊に襲わせることまでした。

けれど幼い頃は、とても仲の良い姉妹だったのだ。すべてを失い、火傷《やけど》まで負って、どんなに傷付いているだろう。

「ロイダー様。私……」

一度は向かおうとしたあの場所に、もう一度行きたい。

妹に、ニーファに会いたかった。

「妹に会いに行きたいのです。今度こそ話がしたい。父の容態も気になりますし……」

ロイダーは、すぐには返事をしなかった。

前回は襲撃に遭《あ》ったのだから、そう簡単に許可が下りるとはリリーシャも思っていない。けれど今会わなければ、もうニーファと話し合える機会はないかもしれない。

「……勝手なことを言って、申し訳ありません。ですが、どうしても会いたいのです」

リリーシャが必死に懇願《こんがん》すると、ロイダーはようやく口を開く。

「もう少し情勢が落ち着けば、許可したいが……」

「我儘《わがまま》を言っているのはわかっています。でも……」

妹と本音で話し合えるとしたら、きっと今しかない。

ロイダーはしばらく目を閉じて考えてから、小さく呟《つぶや》いた。

「……わかった」

彼の心配そうな顔を見て、リリーシャの胸に罪悪感が湧き上がる。けれど、決意は揺るがなかった。

「すぐに手配を進めよう。だが情勢を考えて、非公式で訪問してもらうことなる。護衛は付けるが、充分に注意してほしい。ニーファ王女がお前に危害を加えないとは言い切れないからな」

「はい。わかりました」

ロイダーの言う通り、油断はしない方がいい。そう思って、リリーシャは気を引き締めた。

出発は、三日後の朝だった。

準備を整えたリリーシャは、クーディアに付き添われて馬車に乗り込む。

ここからグライフ王国の離宮まで、そう遠くはない。

（……ニーファ。お父様）

両手を固く握り締め、離れて暮らす家族を想う。

久しぶりに会えるというのに、嬉しさよりもサンシャンを離れることへの不安の方が大きい。ロイダーのもとを離れるのがこんなに心細いとは、リリーシャも思っていなかった。

だが、グライフ行きは自分で望んだことだ。

気持ちを強く持って前方を見つめると、馬車がゆっくりと動き始めた。護衛の乗った馬が周囲を走っている。

隣に座るクーディアが、リリーシャを慰《なぐさ》めるように、背中に手を添えてくれた。

そのまま夕方近くまで、馬車は走り続けていた。


どうやらリリーシャの身体に配慮して、ロイダーが余裕のある旅程を組んでくれたようだ。あまり遅くならないうちに、国境近くにある宿泊場所に辿《たど》り着いた。

「リリーシャ様。お疲れでしょう」

馬車を降りたリリーシャに、クーディアが気遣わしげに声を掛けてくる。彼女の言う通り、リリーシャはとても疲れていた。

直前までは気をしっかり持っていたけれど、馬車が動き出すと、途端に身体が緊張した。やはり襲撃の恐怖は、そう簡単には忘れられないらしい。

ふらつく彼女を見かねて、護衛の一人が手を差し伸べてくれた。その腕に素直に掴まったリリーシャは、思わず声を上げそうになる。

「ロ……」

（ロイダー様！　どうして彼がここに？）

フードを目深《まぶか》に被っているので顔は見えないけれど、この腕を他人のものと間違えるはずがない。

驚きすぎて言葉も出ないリリーシャに、彼は悪戯《いたずら》っぽく笑いかける。そして建物を指差した。

話は中で、ということだろう。

宿泊場所として用意されていたのは、ある貴族の別荘だ。

広くはないが居心地よく整えられており、持ち主の貴族も丁重に迎えてくれた。

リリーシャの部屋に入ってすぐ、クーディアがロイダーの存在に気付いた。彼から秘密にしろと耳打ちされて、複雑な顔をする。

彼女は心配そうな視線をリリーシャに向けながら退室した。その今にも泣き出しそうな顔に同情し、リリーシャはついロイダーを責めるような目で見てしまった。

「そう怖い顔をしないでくれ」

服装のせいか、いつもよりもくだけた印象のロイダーは、苦笑しつつ長椅子に腰を下ろす。そして、リリーシャに向かって手を伸ばした。

「少し話をしよう」

ロイダーが一体どういうつもりなのかわからず、リリーシャは戸惑う。それでも彼の手を取り、導《みちび》かれるまま隣に腰を下ろした。

「なぜここにいるのですか……？」

そう尋ねると、彼は笑う。

「もう一人にしないと誓っただろう？」

「そんな……」

国王が非公式で国を離れるなど、あってはならないことだ。しかも彼は一度、リリーシャを助けるためにグライフ王国へ足を踏み入れている。もしそれがグライフ側に知られたら、問題になってしまうだろう。

事の重大さを、ロイダーが理解していないはずがないのに。

「私のせい、ですね。私がいつも無理を言うから……」

結婚するまでは完璧な王だった彼に、道を踏み外させてしまったのかもしれない。

あの時も今も、一人でグライフに向かおうとするリリーシャを心配して、彼は無茶な行動に出た。自分のせいで、彼を二度も危険な目に遭《あ》わせてしまっている。

（私の我儘《わがまま》で、これ以上ロイダー様を危険に晒《さら》すわけには……）

父と妹に会うのは諦《あきら》めた方がいいかもしれないと思い、リリーシャが俯《うつむ》いた時だった。

「違う。これは俺が自分で決めたことだ。サンシャン国王ではなく、一人の男として下《くだ》した、初めての決断だ」

「ロイダー様……」

リリーシャの手を握る彼の指に、力が込められている。声もいつも以上に真剣だった。

彼の話を、きちんと聞かなくてはならない。

そう思って、リリーシャも彼の手を強く握り返した。

「アラーファを奪われた時でさえ、俺はサンシャン国王としての決断しかできなかった。だが、それは冷静だったからでも、自分の望みより国王としての義務を優先させたからでもない。俺は他の生き方を知らなかった。ただそれだけだ」

その寂しげな声に、リリーシャの胸が痛くなる。

国王の第一子として生まれたのは、リリーシャも同じだ。それなのに、王位の重さについて深く考えたことなど一度もなかった。そう思えば妹のニーファの方が、ずっと自分の立場を理解していたのだろう。

「そしてそれは、アラーファも同じだと思う。俺達は確かに惹《ひ》かれ合い、愛し合っていたけれど、最後まで王族という立場から逃れることはできなかった」

「でも……。アラーファ様は王位継承権を放棄して、この国の王妃になることを選んだのですよね？」

かつての婚約者のことを思い出すのは、つらくないのだろうか。そう気遣いながらも疑問を口にするリリーシャに、ロイダーは深く頷いた。

「ああ。けれどその後の調査によれば、結局はステイルの女王として生きる道を選んだようだ。彼女は確かに実の母親に裏切られたが、アラーファが王位を譲ろうとしていた異母弟が、もしサンシャンに亡命するつもりならば手助けすると言ってくれたそうだ。だが、アラーファが選んだのは、ステイルの女王として生きる道だった。彼女がサンシャンに亡命したら、夫が国王代理として政治の実権を握ることになる。異母弟にならば任せられても、夫にはとても任せられないと思ったのだろう」

つまり、アラーファは自分の幸せよりも、ステイル王国を守ることを選んだのだ。

「だが俺は理由が何であれ、婚約を一方的に破棄《はき》したあの国と、今まで通りの交流はできないと思っている。少なくとも俺の代で国交を回復させることはない」

リリーシャはロイダーの胸中を思い、再び俯《うつむ》いた。

国王といっても人間なのだから、本音では愛した彼女を取り戻したかったことだろう。せめてもう一度会いたいと苦悩もしただろう。

けれど、ロイダーはそうしなかった。アラーファがステイル王国の女王として生きることを選んだように、彼もサンシャン国王として生きる道を選んだのだ。

「だから、俺はグライフの申し出を受け入れた。だがそのせいで、一人の女性を不幸にするところだった。すべての悲しみと怒りを、何の罪もない女性――お前にぶつけてしまったのだ。たとえ思い違いがあったとしても、決して許されることではない」

「ロイダー様……」

「その償《つぐな》いのためにも、リムノンと約束した。リリーシャを守ると。……だが、約束したから守るのではない。お前が刺客に襲われたと聞いた時は、冷静でいることができなかった。無事を確認するまで生きた心地もしなかった。そのことで、決して義務などではなく、お前を愛しているのだと思い知った。また愛する人を失うかと思ったら、他のことはもう何も考えられなくなっていた」

ロイダーの掌《てのひら》から伝わる、偽《いつわ》りのない想い。彼がそれを言葉にしてくれたのは初めてではないけれど、今ようやく実感できた気がする。

この誇り高きサンシャン国王が、結婚したばかりの頃は恐ろしい人だと思っていた夫が、自分を愛してくれている。

ロイダーとアラーファの恋は、悲劇的な結末を迎えてしまった。それでもアラーファは自分の選んだ道を力強く歩き出し、ロイダーの方も新たな道を見つけ出したのだ。

「俺はサンシャン国王だ。それは、死ぬまで変わらないだろう。けれど一人の男として、リリーシャを守り、愛したいと願っている」

時に冷酷に見えるほど、いつでも冷静だったロイダー。そんな彼が、こんなにも大切に想ってくれている。それを、リリーシャは痛いくらいに感じていた。

自分から両手を伸ばして、彼を抱き締める。

「リリーシャ?」

余程驚いたのだろう。ロイダーの声に珍しく動揺が表れていた。

「ロイダー様。私は、これからもずっとあなたと一緒に生きていきたい」

その瞬間、記憶の中のリムノンが、微笑んでくれたような気がした。

それはようやく思い出すことができた、彼本来の優しい微笑みだった。

「これは政略結婚などではなく、私自身が心から望んでいる結婚です。これからの人生を幸せに暮らせるとしたら、伴侶はあなたしかいないと思っているから。……愛しています」

そう告げると、ロイダーは大きく目を見開いた。

そして震える手をゆっくりと動かし、リリーシャを強く抱き締める。

「ようやく、失ったすべてのものよりも大切なものを手に入れた。そんな気がする」

リリーシャも同じ思いだったので、その言葉に何度も頷いた。

第六章　永遠に続く愛

翌日も旅は続く。

幸い何事もなく、予定通りの日程でグライフ王国の離宮に到着した。

ロイダーが事前に連絡を入れてくれていたので、受け入れ態勢も整っていた。

離宮の入り口には見覚えのある騎士が立っており、リリーシャを笑顔で出迎えてくれる。

（お父様。ニーファ……）

馬車を降りたリリーシャは懐かしい故郷の空を見上げ、それから目の前の建物に視線を移した。

「ニーファ様は、奥の部屋でお待ちです。体調が優れないため出迎えができず、申し訳ないとおっしゃっていました」

「いいのです。妹ですもの」

リリーシャの言葉に、騎士は頷く。そして一行を中へ案内した。彼の後を、クーディアに付き添われたリリーシャが歩く。その背後を守るように、護衛の騎士達が続いた。

二人の護衛のうちの一人はロイダーだ。彼の正体をグライフ側に気付かれないか心配で、リリーシャは思わず振り返ってしまいそうになる。

けれど、王妃が一人の護衛を気に掛ける素振りを見せてしまえば、かえって目立つ。だからリリーシャは自分を制して、真っ直ぐ前を向いて歩いた。

父はリリーシャが到着したら、すぐに自分のところへ連れてきてほしいと言っていたらしい。彼が静養しているのは、離宮の一番奥にある静かな部屋だという。

そう広くはないが、生前の母が最も好んでいた部屋だ。やはり、父は今でも母を愛しているのだろう。

そこへ向かう途中で、手入れの行き届いた中庭が見えた。昔と変わらず美しく、リリーシャは思わず足を止めて見入る。

幸せだった頃を思い浮かべて、つい感傷的になってしまった。

「こちらです」

例の部屋の前で騎士が立ち止まり、ノックをしてから扉を開ける。

床《とこ》に臥《ふ》せっていたグライフ国王は、リリーシャの訪れを泣いて喜んでくれた。

リリーシャは、随分痩《や》せてしまった父の両手を握りながら、夫のロイダーがとても優しいことと、彼のおかげで幸せに暮らしていることを報告した。

その言葉に何度も頷き、「お前だけでも幸せになってくれてよかった」と告げた父は、ふと思い詰めたような顔をして口を閉ざす。

「お父様？」

怪訝《けげん》に思って呼びかけたリリーシャを、父は潤《うる》んだ瞳で見つめた。

「これから、ニーファに会うのだろう？　恐らくあの子から、ある提案をされるだろう。それについて、どうか前向きに考えてみてくれ」

「……はい」

それが何か尋ねてみたかったけれど、こんなにも弱り切った父に無理をさせることはできない。リリーシャは素直に頷き、主治医が訪れたのをきっかけに部屋を出た。詳しいことは、妹に聞けばいい。

それからリリーシャは、先程の騎士に案内されてニーファのもとへ向かった。妹の裏の顔を知ってから初めて会うことになるので、少し緊張してしまう。

部屋に入ると、そこは執務室のようだった。カーテンを閉め切っているせいか、かなり暗い。

フードを深く被った人物が、執務机の椅子に座っていた。その人がリリーシャの訪れに気付き、ゆっくりと立ち上がる。

「ニーファ？」

室内が暗いことと、その姿が異様であることから、リリーシャは恐怖を覚える。けれど、すぐ後ろにロイダーがいると思うと安心できた。

リリーシャはフードの人物に自《みずか》ら歩み寄る。

「……お久しぶりです。お姉様」

低く押し殺した声。けれど、それは間違いなくニーファのものだった。

「サンシャン王国の正妃となられたお姉様を、こんな暗い部屋にご案内して申し訳ありません。ですが、陽《ひ》の光に当たると火傷《やけど》が痛むのです」

「そんな、謝ってもらうほどのことではないわ……」

リリーシャは首を横に振り、妹に気遣わしげな視線を向けた。

ニーファはロイダーと二人の騎士に、部屋の外で待機してほしいと告げる。彼らが出ていき室内に残ったのはリリーシャとニーファ、侍女のクーディアだけになった。

背後で扉が閉まると、室内はますます暗くなった。傍《そば》にいるクーディアが少し緊張しているのをリリーシャは感じる。

「怪我の具合はどうなのですか？」

リリーシャがそう尋ねると、ニーファはゆっくりとフードを外す。そして、真っ直ぐにリリーシャを見た。

こんなに暗い部屋では、ニーファがどんな顔をしているのかわからない。

けれどリリーシャは、何となく妹が泣いているような気がした。

「私はお姉様に酷《ひど》いことをしたのに、それでもまだ気遣ってくれるのですね」

「心配するのは当然だわ。妹だもの」

そうでなければ、わざわざここまで来ることもなかった。

「……私はずっと、お姉様が羨《うらや》ましかった。お姉様のように美しくなりたい。お姉様よりも愛されたい。そんな分不相応な望みを、常に持っていました」

まるで一人ごとのように、ニーファは小さく呟《つぶや》く。

「お姉様が持っているものすべてが欲しかった。美貌もお父様の愛情も、そして……あの人も」

そこまで言うと、彼女は手元の蝋燭《ろうそく》にそっと火を灯す。ぼんやりとした明かりが、薄暗い室内を照らした。

「それが叶わないとわかっていても、どうしても手に入れたかった。私は美しくはないけれど、お父様よりもお姉様よりも計略に優れている。そんな私にできないことはないと、思い上がっていたのです。……その結果が、これです」

蝋燭の光が、ニーファの顔を照らし出す。

妹の顔の左側に大きな火傷《やけど》があるのを見て、リリーシャは思わず悲鳴を上げそうになった。

業火《ごうか》は非情にも、まだ年若い彼女の顔を焼いたのだ。

「これは、分不相応な望みを持った私への罰なのでしょう。最も欲しがっていたものから、遠ざけられてしまったのですから」

ニーファはそう言って、自分自身を嘲笑《あざわら》うような笑みを浮かべた。

「そんな……」

冷静に話しているけれど、身体も心もひどくニーファは傷付いているはずだ。その痛みは、容易には消えないだろう。

目から涙が溢《あふ》れてきて、リリーシャは手を伸ばし、妹の身体をしっかりと抱き締めた。

「……お姉様ったら、昔から本当に泣き虫で。でも、泣いている姿も美しくて」

ニーファの腕が、そっと背中に回される。

「いつも憧れていた。大好きだったの。ごめんなさい、お姉様。本当に、ごめんなさい……」

――おねえさま。

幼い頃の、ニーファの声が甦《よみがえ》る。

——昨日のドレス、とっても綺麗だった。おねえさま。女神さまみたい。

大人しくて両親ともあまり話さなかった妹が、自分にはよく話しかけてくれた。そんな妹から向けられていた憧れの視線を、リリーシャははっきりと思い出す。

それなのに、愚《おろ》かだった自分は、どれだけ妹を無意識に苦しめていたのだろう。リムノンと毎日のように中庭を歩き、愛を語り合っていた。その間、ニーファは欲しくても手に入らないものを、ずっと間近で見ていなければならなかったのだ。

そんな日々が、妹をここまで追い込んでしまったのだろう。

「私こそ、ごめんなさい。何も知らずに、あなたをこんなにも苦しめていたなんて」

ただ愛され、守られていた。

その日々は確かに幸せだったけれど、そこから強引に引き離されて初めてわかったことが、たくさんある。

しばらく抱き合って泣いていた二人は、やがて少し落ち着くと、椅子に向かい合って座った。ニーファは扉の方に視線を向け、押し殺した声で言う。

「お姉様の護衛のうちの一人。あの方は、サンシャン国王ですね」

「それは……」

どうしてわかったのだろう。警戒して身体を硬くするリリーシャ。そんな姉を見て、ニーファはフードを目深《まぶか》に被り直しながら、穏やかに笑う。

「今、我が国がサンシャン王国を敵に回すわけには行きません。ですから心配は無用です。ただ、あのサンシャン国王がお姉様を心配してこんな場所まで……しかも護衛に紛れ込んでまでやってくるとは、思ってもみませんでした」

両手を胸の前で組み合わせ、祈りを捧げるようにニーファは告げる。

「お姉様がもし不幸だったら、私は死をもって償《つぐな》わなければならないと思っていたのです。でも、こんなにも綺麗なお姉様を大切に想わない人なんて、やはり存在しないのですね。あのサンシャン国王ですら、例外ではなかったのですから」

「ニーファ……」

本当はリリーシャもつらい目に遭《あ》った。

もう二度と笑えないのではないかと思うくらい、泣きながら過ごした日々があった。けれど、こんなにも傷付いている妹を、これ以上傷付けることなどできない。

だからリリーシャは微笑み、そして頷いた。

「とても幸せに過ごしているわ。だから、もう自分を責めないで」

そうは言っても、ニーファの贖罪《しょくざい》はこれからも続くのだろう。痛みや苦しみはすぐには癒《い》えないかもしれない。

けれど、いつかきっと、また笑える日が来る。それをリリーシャは身をもって知っていた。

「そういえば、先程お父様に会ってきたわ。随分お痩《や》せになって……」

「何か言っていませんでしたか？　私から提案があるだろうとか」

「ええ。そう言っていたわ」

「……こちらへ来ていただけますか？」

ニーファはリリーシャを執務室の奥にある応接間に導《みちび》き、椅子を勧める。そして自分も向かいの椅子に腰掛けた。部屋の外にいるロイダー達には絶対に聞かれたくない話なのだろう。

「お父様が心配しているのは、このグライフ王国の跡継ぎのことです。今は私が国王代理を務めていますが、王位に就くことはないでしょう。法を改正すれば、女性でも即位することは可能です。もしお姉様が即位したならば、国民から歓迎され、愛されたかもしれません。ですが、私では無理でしょう。私がこれまでやってきたことを知る人もいますし、この容貌では……」

声は冷静だったけれど、膝の上に置かれた手は震えていた。それでもニーファは、気丈に話を続ける。

「お姉様とサンシャン国王との間には、いずれ子どもが生まれるでしょう。もちろん長子はサンシャン王国を継ぐことになるでしょうが、もし第二子、第三子が誕生した場合、一人はグライフ王家の養子にさせてほしいのです。それが私からの、そしてお父様からの提案です」

思わぬ提案に驚きながらも、リリーシャは考える。

グライフ王家の血を引く子どもが欲しいのならば、ニーファの子どもでも良いはずだ。その子どもが父から王位を引き継ぐまでは、今まで通りニーファが国王代理として国を治めていけばいい。きっとニーファにはそれだけの才能がある。

リリーシャがそう告げると、ニーファは首を横に振った。

「私は一人で生きていくつもりです。もう二度と、恋をしようとは思いません。この心には魔物が巣喰っています。それを呼び覚ましてしまうようなことは、もう二度と……」

ニーファの声は、少しずつ小さくなっていく。

彼女が王宮に火をつけたらしいと、リリーシャはロイダーから聞いている。リムノンへの想いは、ニーファの心に魔物を生み出してしまったのだ。

因果応報とはいえ、リムノンの裏切りは本人が狙っていた以上に、ニーファを深く傷付けたのだろう。

「サンシャン王と相談しなければ、お返事はできないでしょう。ですから、後ほどこちらから正式に使者を遣わします」

良い返答を期待していると告げられ、リリーシャは曖昧《あいまい》に頷いてから部屋を後にした。

ニーファにはリリーシャを傷付ける意思がないと見て、ロイダー達は一足先に客室へ向かったようだ。

リリーシャはクーディアに付き添われ、ぼんやりしたまま長い廊下を歩く。

父の病状が気掛かりだし、心と身体に傷を負った妹も心配だ。

(それに、養子のことも……)

考えなければならないことが多すぎて、頭痛がする。外の空気を吸いたくなって、リリーシャは中庭に立ち寄った。

少し冷たい風が、混乱した頭をすっきりさせてくれる。

懐かしい中庭を眺めながら、リリーシャは先程のニーファの提案について、静かに考えを巡らせた。

「ん？　誰かと思えば、サンシャンの王妃様じゃないか？」

俯《うつむ》いて物思いに耽《ふけ》っていると、不意に声を掛けられた。

顔を上げれば、見覚えのある男がこちらに歩いてくる。その姿を見て、クーディアがリリーシャを庇《かば》うように前に出た。

「あなたは……」

まるで炎みたいに赤い髪。こちらを真っ直ぐに見つめる隻眼《せきがん》。

リムノンの仲間ベルファーだ。

「そんなに警戒しなくてもいいぜ。今の俺には、あんた達に危害を加えることなんてできないからな」

よく見れば、彼は傷だらけだった。包帯の巻かれた右腕を庇いながら、ゆっくりと歩いてくる。

密偵の報告によれば、彼はリムノンとニーファを助けてくれた恩人だ。リリーシャはクーディアを下がらせると、目の前まで歩いてきた彼を静かに見つめた。

「リムノンとニーファを助けてくださって、ありがとうございます」

今更ながら、もしあの二人が死んでしまっていたらと思うと、恐ろしくなる。

丁寧に頭を下げたリリーシャを、ベルファーは驚いた顔で見つめていたが、やがて少し掠れた声で言う。

「俺じゃない。リムノンを救ったのは、あんたからの手紙だ」

言葉は乱暴だが、声は優しかった。

「あれがなければ、あいつを動かすことなんてできなかっただろう。王女を助けたのは、ついでだ。だが、二人共死にたがっていたから、俺は余計なことをしたのかもしれないな」

そんなことはないと、リリーシャは首を横に振る。

「生きていれば、いつかきっと笑える日が来ます」

きっぱりと告げたリリーシャを、ベルファーは眩《まぶ》しそうに見つめた。

「まぁ、あんたの妹は変わった女だよ。自分を裏切った男の仲間を、しかも、もう剣が持てない盗賊を、護衛として傍《そば》に置くって言うんだから」

「ニーファが、あなたを……？」

一人で生きていくと告げた、あの硬い声を思い出す。

妹がこれから孤独な人生を過ごすのかと思うと胸が痛んだが、ベルファーが傍にいてくれるのならば安心だ。

自分のことを盗賊だと言うけれど、彼はリムノンとニーファ、そしてリリーシャを救ってくれたのだ。きっと信用できる。

「ありがとうございます。どうか妹を、よろしくお願いします」

リリーシャはそう言って、もう一度頭を下げた。

照れくさそうに「まぁ、報酬次第だな」などとうそぶいていたベルファーは、不意に真顔になってリリーシャを見つめる。

「……聞かないんだな。あいつが今、どこにいるのかを」

やはりベルファーは、リムノンの居場所を知っているのだ。リリーシャは弾かれたように顔を上げる。

するとベルファーは深い溜息《ためいき》をついた。

「あの王女様が俺を傍《そば》に置くのだって、それが知りたいからだろう。それなのに何も聞かない。まぁ、聞かれても答えるわけにはいかないが」

「彼は無事なのですか？」

リリーシャが思わず尋ねると、ベルファーは頷いた。

「ああ、とりあえずはな」

あの暗い眼差しを思い出して、リリーシャは言葉を失う。リムノンが昔のように穏やかな顔で微笑む日は、いつになるのだろうか。

「あいつには時間が必要だと思う。数年単位のな。あれだけ絶望してたあいつが何とかこの世に留まれたのは、あんたを愛していたからだろう」

立っているのがつらくなったのか、ベルファーは地面に腰を下ろす。リリーシャはその隣にしゃがみ込み、彼を見つめた。

「……私を？」

「ああ。幸福だった記憶は、生きる支えになってくれる。氷のように凍り付いたあいつの心にも、愛だけは最後まで残されていた」

リムノンの手紙を持ってサンシャン王国を訪れた時から、ベルファーは彼を救うと決めていたのだろう。ならば、あのどこか思い詰めたような雰囲気にも納得できる。

「何か、私にできることがあればいいのに」

泣き出してしまったリリーシャを見て、少し困った顔をしたベルファーは、動かしにくそうな腕で赤い髪を乱暴に払う。

「あるさ。……過去や罪悪感なんかに囚《とら》われずに、幸せになってくれ。それがあいつの――リムノンの心からの望みだ」

「幸せに……」

リリーシャの頭に、ロイダーの顔が浮かんだ。愛していると告げてくれた時の、あの熱のこもった瞳が。

彼とならば、間違いなく幸せになれるだろう。

「でも、私だけ幸せになるわけには……」

「この件で誰も傷付けなかったのは、あんただけだ。そのあんたを差し置いて、他の者達が幸せになれるはずないだろう？」

リムノンの、そしてニーファの幸せを祈るのならば、幸せになった姿を見せるのが一番だとベルファーは言う。

「あの王女様とリムノンのことは、とりあえず俺に任せておけ。死なないように見張っておくから」

そう言い残して去っていくベルファー。その後ろ姿に、リリーシャはもう一度頭を下げた。

『幸せになってほしい』

リムノンが最後の手紙に、繰り返し書き綴《つづ》っていた言葉。

『お姉様が不幸だったら、私は死をもって償《つぐな》わなければならないと思っていたのです』

そう告げていたニーファの、フードを被った横顔が思い出される。

『お前だけでも幸せになってくれてよかった』

そう言いながら涙を流していた、病《や》み衰《おとろ》えた父の顔も。

リリーシャは組んだ両手に額を押し当てて、ここまで辿《たど》ってきた道をゆっくりと振り返る。険《けわ》しく困難な道だったけれど、それを乗り越えなければわからないことが、たくさんあった。

（ロイダー様……）

今はただ、彼に会いたくてたまらない。

リリーシャは中庭を出て、足早に客室へ向かった。

午後からは雨が降ってきた。

窓枠に雨水が滴《したた》る音を聞きながら、リリーシャは懐かしい故郷の香りがするお茶を、ゆっくりと飲み干す。

寒さの厳しいグライフならではのお茶で、香辛料がたっぷりと入っている。身体の弱かったリリーシャは、食後にこのお茶をよく飲まされたものだった。

身体を温める効果があるのだが、この独特の風味が、他国の人間には少し奇妙に感じられるかもしれない。

隣に座るロイダーを見上げると、彼は物珍しそうにそのお茶を飲んでいた。

「……噂には聞いていたが、これがグライフの名物か」

「はい。苦味がありますから、子どもには少し甘味を足して飲ませます。私は子どもの頃はこのお茶が嫌いで、飲みたくないと我儘《わがまま》を言って母に叱られました」

非公式の訪問、しかも目的はお見舞いなので、会食のようなものはない。一人で夕食を済ませたリリーシャは、長旅で疲れているクーディアを早々に休ませ、ロイダーだけを部屋に迎え入れていた。彼に報告しなければならないことが、たくさんあるからだ。

鎧《よろい》を脱ぎ、軽装になったロイダーは、空《から》になったカップを机に置く。そして、リリーシャの頬にそっと手を伸ばした。

「泣いたのか？」

気遣うように触れてくるのが優しくて、リリーシャはその手に頬を寄せる。

「はい。……ニーファのことで、少し」

「彼女の火傷《やけど》は大丈夫だったのか？」

顔に酷《ひど》い火傷があったことを告げると、ロイダーは痛ましそうに眉を顰《ひそ》めた。

「早く傷が癒《い》えるといいのだが」

妹の無残な姿を見て感じた胸の痛み。それをロイダーが共有してくれることで、リリーシャの心が少しだけ軽くなる。

「ロイダー様のおかげで、父の見舞いも無事に済ませることができました。でも、随分痩《や》せてしまって……」

もう長くはないのかもしれない。

悲しみが胸に広がり、リリーシャは俯《うつむ》いた。

政略結婚を強要された時は父を恨んだけれど、今となれば、国王として仕方がなかったのだと理解できる。今はただ、父が穏やかな余生を過ごせることを祈るだけだ。

「そうか。今回のことで、グライフ国王の心労もかなりのものだろう。王宮再建のための助力は惜しまないと、そう伝えてほしい」

「……本当に、ありがとうございます」

国の象徴でもある王宮を、一刻も早く再建しなければならない。

ロイダーの申し出は、グライフ側にとっては本当にありがたい話だった。

「それと……」

少し迷いながらも、リリーシャは言葉を続けた。

「あの人にも会いました。リムノンからの手紙を届けてくれた、ベルファーという方です」

「それで、リムノンの居場所はわかったのか?」

ロイダーは、ニーファの傍《そば》にベルファーがいることを知っていたようだ。あまり驚いた様子も見せずに尋ねる。彼の密偵が事前に調べていたのかもしれない。

「いいえ。彼は知っているようでしたが、教えるつもりはないみたいです。私も、無理に聞こうとは思いませんでした」

「……そうか」

ロイダーはそう言って、深い溜息《ためいき》をつく。

「彼に言われたのです。リムノンの幸せを願うのならば、まず私が幸せにならなければならない。それが、リムノンの心からの願いだと」

リリーシャがベルファーに言われた言葉を告げると、ロイダーは大きく頷いた。

「その通りだと、俺も思う」

リリーシャは、少し迷ってから口を開く。

「それと……。ニーファからグライフ王国の跡継ぎとして、私の子どもを養子に欲しいと言われました。妹は、生涯独身で過ごすつもりのようです」

「子ども?」

ロイダーが驚いた様子で聞き返した。

リリーシャは不安になって彼を仰ぎ見る。

「そうです。私と……あなたの。長子はサンシャン王国の跡継ぎになるでしょうが、もし次の子が生まれたら、養子にさせてほしいと」

「……」

深刻な表情のまま、黙り込んでしまったロイダー。その姿を見て、リリーシャはますます不安になってしまう。

「その話はまだ、保留にしておいた方がいいかもしれないな」

ロイダーは子どもを望んでいないのだろうか。

決定的な言葉を聞きたくなくて、リリーシャは顔を逸《そ》らした。けれど、彼の声は容赦なく耳に入り込んでくる。

「今はまだ結婚など考えられないかもしれないが、いつの日か必ず、ニーファ王女の傷を癒《い》やしてくれる者が現れるだろう。その時に養子を迎えてしまっていたら、少し面倒なことになるかもしれない」

「あ……」

ロイダーが心配していたのは子どものことではなく、生涯独身で過ごすと言っていたニーファのことだったのだ。

それに気付いたリリーシャは、恥ずかしくなって俯《うつむ》いた。

「私、自分のことばかり……」

「リリーシャ？」

ロイダーが気遣わしげに彼女の顔を覗き込み、その手を握る。

「顔色が悪いな。大丈夫か？」

「……はい。大丈夫です。私はてっきり、子どもは欲しくないと言われてしまうのかと」

正直に胸の内を明かすと、即座に否定された。

「欲しくないわけがない。もしお前が俺の子どもを産んでくれたとしたら、それは俺にとって、この上ない幸福だ」

頬に、額に、優しく口付けされる。

リリーシャは嬉しくなって、ロイダーに抱き付いた。

そのまま抱き上げられ、寝室へと運ばれる。

「グライフからの提案がなくとも、愛する女性の子どもならば何人でも欲しい。それを証明しなければならないな」

衣服が緩められ、白い胸元が露《あら》わになる。

「あっ……！」

彼の唇が胸の膨《ふく》らみに触れ、リリーシャの身体がびくりと反応する。その声と同時に、ロイダーの両手が柔らかな膨らみを捕らえた。

それは以前のリリーシャならば、痛みを覚えるくらいの強さだった。けれど、今のリリーシャの身体は、それさえも快楽に変えてしまう。

指の間から覗く胸の蕾《つぼみ》は、もう硬くなり始めていた。そこを唇で挟まれ、舌でねっとり舐められると、腰の辺りが疼《うず》いてしまう。

「……んっ。やぁん……」

じゅる、と濡れた音が響き、リリーシャは羞恥《しゅうち》で頬を染める。けれど、愛されることを知ってしまった身体は、もっと深い快楽を求めていた。

滑らかな曲線に沿って、ロイダーの唇が肌を辿《たど》る。柔らかな唇の感触に、リリーシャは声を上げそうになってしまう。

両手を口に当てて懸命に声を抑えていると、不意にロイダーが顔を上げて、その手に触れた。

「声を聞かせてくれ」

「だって……。聞こえてしまうからっ……！」

この離宮には父も妹もいるのだ。二人の部屋はかなり離れているとはいえ、同じ建物内に肉親がいると思うと、声を出すのは憚《はばか》られる。慌てるリリーシャを落ち着かせるように、ロイダーは優しく口付けた。

「このために護衛を遠ざけてくれたんだろう？」

「違います！　あれは、大切なお話が……。んっ……」

両手を押さえられたまま、愛撫《あいぶ》が再開された。

ロイダーの唇が、胸全体を這《は》い回る。時折、中心の淡く色付いた蕾《つぼみ》に舌を這わせられた。

衣服を完全に脱がされ、下着さえも取り払われてしまう。

リリーシャの白い裸体が、ロイダーの眼前に晒《さら》された。

「やっ……。ああんっ！」

胸の先端を強く吸われ、リリーシャの口から喘《あえ》ぎ声が漏れてしまう。慌てて唇を噛み締めたものの、もう声を抑えきれなかった。

まだ胸しか愛撫されていないのに、足の間から蜜が流れ出てくる。

「ああっ。もう……だめぇ……」

硬く尖りきった蕾を甘噛みされ、リリーシャの腰が浮き上がった。

快楽のための涙が頬を伝い、秘唇から流れ出た蜜が白い太腿《ふともも》を濡らす。思わず膝を擦《す》り合わせると、溢《あふ》れる蜜がくちゅりと音を立てた。

胸を這っていた唇が、肩を通って腕に移動する。腕の内側の柔らかな部分を強く吸い、赤い痕《あと》を残していく。

「やっ……。見えるところは、だめ……」

リリーシャは甘い声で懇願《こんがん》する。

「見えないところならばいいのか？」

そう言われた直後、胸の膨《ふく》らみに吸い付かれた。

「あんっ！」

ロイダーの長い黒髪が、敏感になりすぎた蕾に触れた。

もっと強い刺激が欲しい。

淫《みだ》らな蜜を流す秘唇に、触れてほしい。

それなのに、ロイダーはただ胸を愛撫するだけだった。

リリーシャは両手を押さえられたまま背を反らし、自《みず》ら両足を開く。

「おねがい……もう、だめ」

必死に懇願したにもかかわらず、追い打ちを掛けるように胸の蕾を強く吸われて、リリーシャは絶頂に達した。

「はぁ……、はぁ……」

胸だけで達してしまったことに羞恥《しゅうち》を覚え、頬を赤く染めて抗議する。

「いじわる、しないで……」

「そんなことは、していない」

ロイダーは悪戯《いたずら》っぽい微笑みを浮かべ、リリーシャの手を離して頬に口付けした。そして、拗《す》ねたように視線を逸《そ》らす彼女の太腿《ふともも》に手を滑らせる。

リリーシャは艶《つや》っぽい声を上げて身を捩《よじ》った。

「やっ……。あぁっ……。そこは……」

白い太腿には、蜜の流れた跡がくっきりと残っている。ロイダーはリリーシャの片足を抱え上げると、今度はそこに唇を寄せた。

「あああっ！」

彼の柔らかい唇が、熱い舌が、蜜を舐め取るようにその跡を辿《たど》っていく。じゅるり、と皮膚に吸い付く音が淫《みだ》らに響いた。

唇と舌だけのもどかしい愛撫《あいぶ》が、身体の奥に熱を蓄積させていく。足を動かす度に溢《あふ》れ出る蜜は、もう太腿の大部分を濡らしてしまっていた。

より強い刺激を求めて足を動かすと、蜜がシーツに滴《したた》る。羞恥に頬を染めながらも、リリーシャは切なげな顔でロイダーを見つめた。

すると愛撫を楽しんでいたロイダーから、余裕がなくなっていく。

彼はリリーシャの足を掴んで大きく開き、とうとう秘唇に指で触れた。

「あぁんっ！」

そっとなぞられただけで、びくりと身体が反応する。

ようやくリリーシャの待ち望んでいた瞬間がやってきた。
「くっ……。ん……」
浅いところで指を出し入れされると、じゅくじゅくという淫らな水音が部屋に響いた。
それがますますリリーシャの羞恥心を煽《あお》り立てる。
「もう充分すぎるほど濡れているな」
「やんっ！　言わないで……」
そう言いつつも、更なる愛撫を強請《ねだ》って腰がひとりでに動く。すると、浅いところを
掻き回していただけの指が、一気に根本まで突き入れられた。
「あああっ……。んっ……」
ロイダーの指は、熱く蕩《とろ》けた膣内《ちつない》をまさぐり始める。何かを探るように動いていた指
がある一点を掠めた時、今までとは比べものにならない快感がリリーシャの全身を貫《つらぬ》
いた。
「いやあっ」
身体がびくんと跳ね上がる。リリーシャは背を反らし、四肢に力を入れて、どうにか
やり過ごした。それなのに、ロイダーの指は快楽の波が引くのを待って、もう一度その
箇所を擦《こす》る。

「やあああっ。そこ、だめぇ……！」

首を横に振って懇願《こんがん》するリリーシャ。けれど、無情にも指が二本に増やされ、何度もそこを刺激された。

また快楽の波が押し寄せてくる。足に力を入れ、シーツを握り締めてそれに逆らおうとするも、リリーシャは二度目の絶頂に追いやられてしまった。

白い光が、頭の中で弾けたように感じる。

リリーシャの腰が痙攣《けいれん》し、溢《あふ》れる蜜がロイダーの指を濡らす。

「んっ……。はぁ、はぁ……」

肩で大きく息をしながら、絶頂の余韻《よいん》に浸《ひた》っていたリリーシャは、不意にうつぶせにされ、腰を高く持ち上げられた。慌てて寝台に肘をつくと、銀色の髪がさらりと肩を流れる。

「な、なにを……。あぁっ！」

抗議の声は、途中で嬌声《きょうせい》に変わった。

リリーシャは頭を伏せて、突然襲ってきた刺激に耐える。

ロイダーが彼女の腰を引き寄せ、背後からその秘唇に口付けしたのだ。

絶頂に達したばかりでまだ震えている襞《ひだ》を、舌がそっと這《は》い回る。敏感になっている場所に加えられた刺激はあまりにも強く、リリーシャの意識が朦朧《もうろう》となっていく。

蜜が溢れる秘唇を舐め回されながら、その上部にある花芯を指で刺激される。神経を直接嬲《なぶ》られているかのような快感が全身を貫《つらぬ》き、リリーシャは意識を失うことさえできなくなってしまった。

指で転がされたり、摘《つ》まんだりされていた花芯はどんどん硬くなり、堪《こら》え切れないほどの快楽をリリーシャに与える。

彼女は唇を噛み締め、きつく目を閉じて、強すぎる快感に耐えていた。

「こんな……格好で。……んっ。恥ずかしい……」

「リリーシャ。綺麗だ」

そう言われて、リリーシャが首を横に振る。美しい銀色の髪が乱れてシーツに散らばった。

その直後、秘唇をなぞっていた舌が濡れた襞を掻き分け、内部に侵入してきた。

温かく柔らかい舌が、何度も絶頂に達して敏感になった膣内《ちつない》をゆっくりと掻き回す。

リリーシャは頭が真っ白になり、何も考えられなくなった。

「やあっ……。そこ……、だめ……」

もう肘で身体を支えていることもできなくなり、寝台に沈み込む。けれど、ロイダーに抱えられた腰は高く上げたままだった。快楽に震える秘唇を無防備に晒《さら》しているのかと思うと、忘れていた羞恥心《しゅうちしん》が再び甦《よみがえ》る。

その時、蕩《とろ》けた秘唇を割って楔《くさび》がゆっくりと打ち込まれた。

「んんっ！」

一瞬、リリーシャの息が止まる。

待ち望んでいた刺激を与えられた秘唇は、歓喜に震えていた。

熱い楔が躍動するのを感じる。それさえも刺激になって、無意識に強く締め付けてしまう。

奥深くに侵入を果たした楔が、一気に引き抜かれる。そうかと思うと、再び奥まで突き入れられた。

「やああっ……！」

甘い痺《しび》れが、リリーシャの全身に広がる。

ロイダーは彼女の膣内《ちつない》を堪能するかのように、ゆっくりと動いた。

リリーシャの身体が、もっと強い刺激を求めて疼《うず》く。

ロイダーは彼女の腰を掴んでいた手を滑らせ、胸の膨《ふく》らみに触れた。

「……はあっ。やぁ……！」

胸を揉《も》みながら、楔を深く突き入れられる。

後ろ向きの体勢だと、より奥まで届く気がする。引き抜かれ、突き上げられる度に、リリーシャの口から声が上がった。

その間にも、ロイダーの手は背中や胸を這《は》い回り、感じる部分ばかりを刺激していく。体温が上昇し、リリーシャの白い身体は薄紅色《うすべにいろ》に染まっていた。

彼女は無防備に裸体を晒し、快楽に潤《うる》んだ瞳でロイダーを見上げる。

するとロイダーの瞳にこもった欲望が、ますます強くなっていく。

彼は腰の動きを少しずつ早め、硬く尖《とが》った蕾《つぼみ》を指で摘《つ》まんで転がした。

「ああんっ！　そこ、いやぁ……」

蕾を刺激される度に、楔を呑み込んだままの秘唇が震える。

「くっ……！」

ロイダーが苦しげな声を上げた。

どうやらきつく締め付けてしまったらしく、彼の動きが一旦止まる。

やめないで、もっと続けてほしい。

言葉にできない代わりに腰を高く上げると、背後から覆《おお》い被さるように抱き締められた。

「あっ」

身体が密着したことで、楔《くさび》が深く奥まで突き刺さる。

「んんんっ！」

溢《あふ》れた蜜がロイダーの太腿《ふともも》を濡らしていた。

彼は右手で胸の蕾《つぼみ》を刺激し、左手で快楽に震える花芯を刺激する。

両方を同時に摘《つ》まれた瞬間、リリーシャはロイダーのものを、その形がはっきりわかるほど締め付けてしまった。

ロイダーの方もあまり余裕がないようで、腰を打ちつける速度はどんどん速くなってくる。

じゅぷじゅぷという水音が、部屋に響き渡り、二人の呼吸が同じ速さになる。

「あああああっ……。もう、だめぇ……」

限界まで高められ、リリーシャは細かく痙攣《けいれん》しながら達した。

同時に、膣内《ちつない》にどくりと熱いものが放たれる。

（……熱い）

内側から焼かれてしまいそうなほど熱かった。それは震える襞《ひだ》を押し広げたまま、身体の奥深くを目指して迸《ほとばし》っている。

その瞬間、リリーシャはこの愛が永遠に続くようにと願っていた。

ロイダーと、そして彼との子ども達と生きる未来は、きっと幸せなものに違いない。

二人は寝台の上に並んで横たわる。

リリーシャが力の抜けた身体を彼の胸に預けると、優しく髪を撫でられた。

少し意地悪な時もあるけれど、終わった後は、こうして優しく労《ねぎら》ってくれる。それがとても嬉しい。

「もう休んだ方がいい」

その言葉に素直に従い、リリーシャは目を閉じた。

微睡《まどろ》みの中で見る夢は優しく、春の陽射しのように暖かかった。


そのまま昼近くまで、リリーシャは眠り続けてしまったようだ。

ゆっくり目を開くと、眩《まぶ》しい光が部屋中を満たしていた。

窓が開いているらしく、レースのカーテンがわずかに揺れている。全身を包む倦怠感《けんたいかん》に顔を顰《しか》めながらも、リリーシャはどうにか身体を起こした。

まるで夢のような一夜だった。

愛したくて、愛してほしくて。

少しの隙間《すきま》もないくらい、心も身体も寄り添っていたかった。

(でも、まさかこんなに眠ってしまうなんて……)

いくら祖国とはいえ、今はサンシャン王国の王妃として訪問している。それなのに寝坊してしまうとは……

一人青くなっていると、扉を叩く音がした。

「リリーシャ様。お目覚めですか?」

クーディアの声だった。返事をしようとしたリリーシャは、まだロイダーに抱き締められたままだということに気付く。

(ロイダー様……)

彼もあの後すぐ眠ってしまったのだろう。リリーシャが腕の中から抜け出しても、まだ目覚める様子がない。

夫のこんなに無防備な姿を見るのは初めてかもしれない。

愛しさが溢《あふ》れ出てきて、リリーシャは彼の黒髪に触れる。思っていたよりも、ずっと柔らかい。リリーシャの口元に思わず笑みが浮かんだ。

「リリーシャ様?」

もう一度クーディアの声が聞こえてきたので、リリーシャは慌ててロイダーを揺り動かす。

二人とも裸のままなのだ。いくらクーディアが相手でも、こんな姿を見られるのは恥ずかしい。

「ロイダー様！」

「……ん」

必死に揺さぶると、ようやく彼が目を開けた。けれど、リリーシャを再び腕の中に閉じ込め、再び目を閉じてしまう。

「きゃっ！　……だ、だめです。起きてくださいっ」

「リリーシャ様？　どうかされたのですか？」

悲鳴のような声を聞き、王妃の身に何かあったのではと思ったらしく、クーディアが許可を得ることなく中に入ろうとした。

とにかくクーディアを止めなければならない。そう思って、リリーシャは咄嗟《とっさ》に答える。

「だ、大丈夫です。ただ……。あの、ロイダー様が……」

少しの沈黙のあと、クーディアの声が返ってきた。

「……し、失礼しました」

状況を察したらしい彼女が、慌てた様子で立ち去っていく。

羞恥《しゅうち》のあまり真っ赤になりながら、リリーシャはロイダーの腕の中から抜け出すことを諦《あきら》め、そっと目を閉じた。


ようやくロイダーが起きた頃には、もう太陽は空高く昇っていた。

あの時、部屋の前にいたのはクーディアだけではなかったらしい。護衛の者達にも聞かれたと知って、リリーシャはますます恥ずかしくなった。

それから、リリーシャはずっと拗《す》ねている。

向かいに座るロイダーは、そんな彼女を見て苦笑していた。

「……ロイダー様が、あんなに寝起きが悪いとは知りませんでした」

「いや、いつもはそうでもないのだが……」

まるで幸福の記憶を辿《たど》るように、リリーシャを抱き締めていた腕に手を当てる彼。それを見たら、リリーシャはもう何も言えなくなってしまう。

少し機嫌を直した彼女はロイダーが差し伸べた手を取り、その胸に縋《すが》った。

「養子の件は保留にさせてほしいとお父様にお話しするのが、心苦しいです」

ニーファのためとはいえ、病身の父を待たせるのは申し訳ない。思わず心の内を吐露《とろ》すると、ロイダーはリリーシャを抱き締めながら言う。

「ならば、俺から話そう」

「え？　……でも」

身分を隠してここまで来たのだ。ロイダーがここにいると知れたら、問題になるのではないだろうか。

「大丈夫だ。きっとグライフ国王はわかってくださるはず。それに、ニーファ王女は気付いていたのだろう？」

「ええ……」

「ならば、グライフ国王も気付いているかもしれない。だとしたら、挨拶《あいさつ》をしないのは無礼というものだ」

二人の娘の将来を案じる父に、ロイダーはサンシャン国王としてではなく、義理の息子として会うと言ってくれている。

「……ありがとうございます」

彼の気持ちが嬉しくて、リリーシャは素直に頷いた。

「……お父様？」

昼過ぎになってから、リリーシャはロイダーを連れて父のもとを訪れた。

寝台に横たわっていたグライフ国王は、愛娘の声にゆっくりと目を開く。

「リリーシャか」

「はい、ご気分はいかがですか？」

今の父には、寝台から身体を起こすだけでもつらそうだ。起き上がった父の身体に優しく上着を掛けてから、リリーシャは背後のロイダーを振り返る。そして再び父に向き直った。

「お父様、あの」

紹介したい人がいるのです。

そう言おうとしたけれど、父の瞳はもう真っ直ぐにロイダーを見つめていた。

「やはり、そうだったのか」

ロイダーが言った通り、父は既《すで》に気付いていたようだ。

リリーシャの隣に並んだロイダーは、頭を下げて言う。

「許可を得ずに国境を越えた非礼を、お許しください」

国王である二人の立場は対等だ。けれどロイダーは義理の息子として、リリーシャの父に敬意を持って接してくれている。その姿が言葉よりも雄弁に、リリーシャをどんなに大切にしているかを語っていたのだろう。

グライフ国王は目を潤《うる》ませながら、何度も頷く。

「娘は、本当に幸せなのだな。結婚に至った経緯を考えれば、夫婦仲が冷え切っていても仕方がないと思っていたのに」

ロイダーが戸惑った様子で何かを口にしようとしたけれど、リリーシャは彼と目を合わせて首を横に振る。

彼から受けた仕打ちはもう過去のことだ。リリーシャの心にも身体にも、傷は一つも残っていない。

「今回も、娘を心配して付き添ってくれたのだろう?」

以前グライフを訪れようとしたリリーシャが賊に襲われたことは、父も知っている。だから今回も娘の身を案じていたようだ。

そんな父を安心させるべく、ロイダーは力強く言う。

「はい。リリーシャは必ず守ります」

そして話題はニーファからの提案のことに移る。リリーシャはすべてをロイダーに任せ、ただその腕に寄り添っていた。

「もちろん、こちらに異存はありません。ただ……」

ロイダーは少し声を落とす。

「ニーファ王女の心が落ち着くまで、もう少し様子を見た方がいいかと。彼女はまだ若い。将来を決めてしまうのは、早すぎる」

その言葉を受け、グライフ国王は目を閉じて考え込んでいた。

「……娘のしたことは、許されることではない。それなのに、ニーファのことまで案じてくれるのか」

自身に身を寄せるリリーシャを愛しそうに抱き締め、ロイダーは言葉を続ける。

「愛する人の妹だからこそ、憎しみを捨て去って案じることができる。リリーシャがいなければ、私は今でも彼女を憎んだままだったかもしれません」

ロイダーの優しい声が、リリーシャの心に沁《し》み入る。

愛は不可能を可能にしてくれる。

きっといつかニーファにも、その奇跡は訪れるだろう。

ニーファからの提案を保留にすることに、父は同意してくれた。もし本当に跡継ぎが必要になったら助力は惜しまないと、ロイダーが明言したことで、父の不安も消えたのだろう。

それまでは自分がニーファを見守らねばならないと思ったのか、父の瞳には少し光が戻ったように見える。リリーシャは心から安堵した。

父の寝室から戻る途中、中庭に人影が見えて、リリーシャは立ち止まった。

（あれは？）

色鮮やかな花に囲まれて、黒いローブを着た人物が立っている。

まるで色彩を拒絶するかのような漆黒《しっこく》の衣装を身に纏《まと》い、たった一人で立ち尽くしているのは、ニーファだった。

頼りなさげな細い背中を見て、リリーシャの胸が痛くなる。

この孤独が、彼女が犯した罪の代償なのだろうか。

「どうした？」

リリーシャが立ち止まったことに気付いたのか、ロイダーが振り返った。

彼女の視線を追い、ニーファの姿を認めて足を止める。

「大丈夫だ」

その力強い言葉にリリーシャが顔を上げると、ロイダーは中庭の隅に視線を向けていた。

「あ……」

そこには、ニーファを見守っているベルファーの姿があった。

気怠《けだる》げに壁に寄り掛かったままで、けれどその視線は真っ直ぐニーファに向けられている。

「昨日、彼と少し話をした」

リリーシャの心に生まれた不安を取り除くように、ロイダーは続ける。

「ニーファ王女は亡くなった妹に似ているそうだ。それと、リムノンとは今も連絡を取り合っているらしい。二人のことは心配いらない。そう言ってくれた」

ベルファーは、自分は元々罪人だと言っていた。

二人を見守り続けること。それが彼の贖罪《しょくざい》なのかもしれない。

（……ニーファ。あなたのために、祈っているわ）

今は無理でも、いつかまた昔のように笑って話せる日が来るかもしれない。

リリーシャは涙を堪《こら》えて、精一杯の笑みをロイダーに向けた。

「ありがとう。お父様のことも、ニーファのことも。あなたが傍《そば》にいてくれて、本当によかった」

二人はどちらともなく抱き合う。

そんな二人に気付いたニーファが一瞬だけ、寂しそうに笑う。

そして、一度も振り返ることなく建物の中に消えていった。

ロイダーが来ていることが護衛達にも知られてしまったので、帰りは彼もリリーシャと同じ馬車に乗っていた。代わりに、クーディアは別の馬車に乗っている。

リリーシャは隣に座るロイダーの肩に頭を乗せ、遠ざかっていく離宮を少し感傷的な想いで見つめていた。

もう特別な行事でもなければ、この国を訪れることはないだろう。

ロイダーの腕が肩に回され、その温かさを感じながら、リリーシャは目を閉じる。

「帰ったら、すぐにやらなければならないことがあるな」

穏やかな声が、耳に心地良い。

「何ですか？」

彼に寄り掛かったままそう尋ねると、ロイダーは手を伸ばしてリリーシャの頬に触れた。

「あの庭園を造り直す」

「え？」

「お前は何の花が好きなんだ？」

そう聞かれて、リリーシャは咄嗟《とっさ》に答えることができなかった。

ロイダーがアラーファのために造ったあの庭園は、そのままでも充分に美しい。けれど真夜中の庭園に、ただ一人佇《たたず》むロイダーの姿を思い出す。彼にとってつらい思い出が残る場所ならば、造り直した方がいいのかもしれない。

「……私は」

リムノンと一緒に見つめていた、あの花の名が浮かぶ。

けれど、リリーシャは首を横に振った。

「私は花というより、実のなる果樹が好きです」

花が咲いて散るだけの植物よりも、実の生《な》る果樹の方がいい。

もう二度と、愛が散ってしまわないように。

「そうか。ならば、すぐに手配しよう」

頷いて目を閉じると、優しく触れるだけの口付けが降ってくる。

この幸せに到《いた》るまで、何度泣いただろう。何度絶望しただろう。

こうしてロイダーの腕の中にいるだけで、幸せだと感じる日が来るなんて思わなかった。

リムノンの願い通りに、心の底から幸せだと感じている。だからこそ、いつの日か彼の傷が癒《い》える日が来るようにと願わずにはいられなかった。

もう二人の道は分かれてしまったけれど、愛した記憶はいつまでも消えないだろう。

そしてロイダーは、その記憶ごとリリーシャを包み込んで愛してくれる。

「帰ろう。サンシャンへ」

その言葉に、リリーシャは微笑んで頷いた。

懐かしい祖国。色々な思い出があるこの国を出て、第二の祖国となったサンシャン王国へ帰るのだ。


二人が帰国すると、すぐに庭園の改造が始まった。

元々植えられていた花は別の場所に移し換えられ、代わりに小さな苗木がいくつも植えられる。

最初から大きい樹木よりもこれから育っていく苗木がいいと、リリーシャがロイダーに頼んだからだ。

この愛が育っていくにつれて、木々も少しずつ生長していくことだろう。

「少し見晴らしがよくなったな」

リリーシャの寝室を訪れていたロイダーは、月の光に照らされた庭園を眺めてそう呟《つぶや》く。

寝台の上で彼の腕に抱かれていたリリーシャも、同じ光景を見つめていた。

月が明るいので、明かりがなくても庭園を見渡すことができる。

「もう何年か経てば、果樹が育って何も見えなくなってしまうかもしれませんね」

これでは庭園ではなく果樹園だと言ってリリーシャが笑うと、ロイダーは目を細める。

「その頃には、家族が増えているかもしれないな」

「んっ……」

答えようとした言葉は、口付けに呑み込まれた。それは吐息まですべて奪われてしまうような激しい口付けだった。

「あっ……」

ドレスをたやすく脱がされ、白い肌が闇夜に浮かび上がる。リリーシャも手を伸ばしてロイダーの衣服を脱がせた。

もう何度も抱かれているのに、彼の裸を見るとそれだけで胸が高鳴る。

銀色の髪を優しく撫でられ、リリーシャも彼の黒髪に指を絡ませた。

すると、今度は触れるだけの優しい口付けをされる。

彼の唇が首筋から鎖骨《さこつ》を通って、胸へと下りていく。その頂点に辿《たど》り着いたロイダーは、蕾《つぼみ》を口に含んで吸い付いた。

柔らかい蕾が、その口内で少しずつ硬くなっていく。

「んっ！　やあっ……」

リリーシャはロイダーの頭を抱きかかえながら、胸の先端から広がる甘い疼《うず》きを感じていた。

固く尖《とが》った蕾を舌で弄《もてあそ》ばれる。それだけで全身が溶けてしまいそうなのに、反対側の蕾を指の腹で押し潰すようにして刺激され、腰がびくりと跳ね上がった。

「ああっ！」

敏感な二つの蕾を同時に嬲《なぶ》られ、身体の奥が熱くなった。

白い肌が薄紅色《うすべにいろ》に染まり、目に涙が滲《にじ》む。

「リリーシャ」

愛撫《あいぶ》の合間に囁《ささや》きかけてくる、ロイダーの声。それには甘さが混じっていた。

蕾を含んでいた唇が、不意に離れた。濡れたその場所に夜気が当たって、それだけで反応してしまう。濡れて光る蕾を今度は指で転がされ、反対側を口に含まれた。

「あんっ……。そこは……。んんんっ！」

指で刺激されて敏感になっていたそこを舌で転がされると、頭が痺《しび》れるほどの強い快感が全身を駆け巡る。

最初に抱かれた時は、与えられる快楽を受け止めるだけで精一杯だった。

次の時は、その快楽に酔いしれて夢の中にいるような心地だった。

そして今は、こうして自分を抱いているロイダーが愛しくてたまらない。

愛撫《あいぶ》してくれる腕が彼のものだからこそ、与えられる快楽を素直に受け止められるのだろう。注がれているのは欲望ではなく、愛だとわかるから。

ロイダーは両手で胸を愛撫しながら、リリーシャの首筋に顔を埋《うず》めた。

喉元を舐められて、リリーシャの背筋がぞくりとする。吸い付かれた場所には、きっと赤い花のような痕《あと》が刻まれているだろう。

ドレスの中に隠れるところならいいけれど、見える場所だと少し恥ずかしい。そう思って身を捩《よじ》ると、彼の唇は胸の方へ向かう。

「ああっ！」

蕾《つぼみ》を強く吸われ、ぴりっとした痛みが走る。

けれど、その痛みさえ今のリリーシャにとっては快楽だった。背を反らし、彼に胸を差し出すような格好になってしまう。

ロイダーはリリーシャの背中に腕を回して力強く抱き寄せ、蕾の周辺の淡く色付いた部分を舌でなぞった。

リリーシャの身体の中心は、もう熱く潤《うるお》っている。少し身じろぎしただけで、くちゅりという水音が響き、リリーシャは恥ずかしくなって俯《うつむ》いた。

そこで不意に、愛撫の手が止まった。

「ロイダー様?」

不思議に思って顔を上げると、彼の視線は庭園に向けられていた。すっかり形が変わってしまっても、あの庭園を見る度に、かつて愛した人と歩いた記憶が甦《よみがえ》るのだろう。

切なげな瞳に、胸が痛くなる。

リリーシャはそっと手を伸ばして、ロイダーの頬に触れた。

「……っ」

我に返ったロイダーが顔色を変える。妻を抱いている時に、他の女性を思い浮かべるなど、あってはならないことだ。いつも冷静な彼も、さすがに動揺したのだろう。

謝罪を口にしようとする彼を制して、リリーシャはその身体を抱き締める。

彼は痛みを乗り越えたのではなく、それを誰にも気付かれないよう押し殺しているだけなのかもしれない。

いつも冷静で、頼りがいのある夫。国王として優秀なだけでなく、リリーシャの過去もすべて受け入れ、愛してくれる人だ。そんな彼が不意に見せた弱さは、リリーシャの心の奥深くを抉《えぐ》った。

けれど切ない悲しみと同時に、不思議な力が湧いてくる。

「ロイダー様」

ただ愛され守られるだけではなく、支え合って生きていきたい。ロイダーが傷付いた時は、全力で彼を守り、庇《かば》えるようになりたい。

痛みも悲しみも、生きていく上では避けられないものだ。だからこそ手を取り合って、二人で乗り越えていきたいと思う。

きっと、それが愛し合うということなのだろう。

リリーシャはロイダーの首に手を回して、自分から彼に口付ける。

「あなたの悲しみも痛みも、全部受け止めたい。だから私の前では、何も隠さないで」

触れ合う素肌。その温かさに、涙が滲《にじ》みそうになる。

「あの人を忘れられないなら、それでも構わないから」

そう言いながらも、胸の奥がほんの少し痛むのを、リリーシャは自覚していた。

本当は自分だけを見てほしい。愛してほしい。

けれど、ロイダーの未来は、すべて自分のものだ。過去まで手に入れたいと願うのは、あまりにも強欲すぎるだろう。

「リリーシャ」

彼女の白い手をしっかりと握り、目を閉じていたロイダーは、祈るような声でリリーシャの名を呼ぶ。

「本当は、一目見た時から惹《ひ》かれていた。美しくて神々《こうごう》しい、まるで女神のようだと。だが、そう思ってしまうのが恐ろしくて目を背《そむ》けた。そのせいで復讐《ふくしゅう》という波に呑まれ、真実を見極められずにいたのだろう」

「……何を恐れていたの？」

国王として人に弱みを見せずに生きてきたロイダーが、リリーシャの求めに応じて自分の弱さをさらけ出そうとしている。そこに愛と深い信頼を感じながら、リリーシャは先を促《うなが》した。

生まれも育ちも違う二人が本当に理解し合うには、こうして何度も話をして、互いの心を知ることが大切なのかもしれない。

「もう一度、誰かを愛するのが恐ろしかった。もし、またアラーファのように失ってしまったらと思うと……」

わずかに震える声から、彼の痛みを感じる。

ロイダーの傷は、リリーシャが思っていたよりもずっと深いのかもしれない。その傷が二度も国境を越えるという無茶な行動に駆り立てたのだろう。

「私はもう、どこにも行かないわ」

自分の行動が彼の傷を刺激していた。そう思うと心が痛んだけれど、もうこれ以上はロイダーを傷付けるようなことはしないとリリーシャは誓う。

「ずっとこのサンシャン王国で、あなたの傍《そば》で生きていくわ。妻として、そして王妃として」

二人は何度も何度も口付けを交わす。

そして、中断されていた愛撫《あいぶ》が再開された。

散々弄《いじ》られていた胸の蕾《つぼみ》は、少し擦《こす》られただけですぐに硬さを取り戻す。

先程よりももっと深く、心が繋がっている気がする。そのせいか、リリーシャの身体はより敏感になっていた。

指先で背中をなぞられただけで、びくりと反応してしまう。自分では見えない場所だからこそ、少しの刺激にも敏感に反応してしまうのかもしれない。

彼の指は背中のラインをゆっくりと辿《たど》り、やがて脇腹から前に回って、太腿《ふともも》の間に入り込んだ。触れられた部分から、甘い痺《しび》れが広がっていく。

「んっ……。やんっ……！」

感じる部分を、もうすっかり知られてしまっている。

足の付け根を指でまさぐられ、リリーシャは焦れたように足を動かした。

くぷりと、蜜が溢《あふ》れる音がする。

触れてほしいのは別の場所なのに、ロイダーの指は内腿《うちもも》の、皮膚が薄くて敏感な部分を優しく撫でるだけだった。

熱く疼《うず》く秘唇に触れてほしい。強く掻き回してほしい。そんな願望が湧き出てくる。

秘唇は強い刺激を求めて淫《みだ》らに蠢《うごめ》いていた。

「やっ……。もっと……。おねがい……」

リリーシャの唇から甘い声が漏れる。普段ならば自分でも恥ずかしくなってしまうくらい甘い声だった。

「もう待てないのか？」

その言葉と同時に、ロイダーの指がようやく秘唇に触れた。

「ああっ！」

けれど、その指も望んでいた快楽をすぐには与えてくれない。まるで焦らすように、蜜を絡めながら割れ目を何度もなぞるだけだ。

リリーシャは固く目を閉じた。堪《こら》えていないと、彼の指に自《みずか》ら腰を押し付けてしまいそうになる。

もうこんなにも感じてしまっているのに、ロイダーは秘唇よりも先に蜜を纏《まと》って光る花芯に指を這《は》わせた。

敏感な果実を指で摘《つ》ままれ、転がされると、腰が震えてしまう。

「やあああっ。そこ、だめええええっ！」

苦しいほどの快楽が全身を駆け巡り、頭が真っ白になった。

あまりにも感じすぎて、このままではどうにかなってしまいそうだ。もうシーツは見ただけでわかるくらい濡れているだろう。

「あああっ。んっ……！」

花芯を指の腹でゆっくり転がしながら、胸の蕾《つぼみ》を口に含まれる。硬く尖《とが》りきった胸の蕾は舌で押されると、痺《しび》れるような快楽を伝えてきた。

「も、もう……。だめえっ……」

敏感な部分を同時に嬲《なぶ》られ、身体を震わせながらリリーシャは達した。

蜜が噴き出るように溢《あふ》れ出す。

「はあっ、はあっ……」

肩で大きく息をして、必死に呼吸を整える。

まだ快感の名残《なごり》が身体中に広がっているので、少しでも刺激を受ければ容易に再燃してしまうだろう。

まるで埋火《うずみび》のように。

このまま快楽の余韻《よいん》に浸《ひた》っていたい。けれど、ロイダーはすぐにその炎を燃え立たせようと、リリーシャの背後に回る。そして、両手で膝を抱えて大きく割り開いた。

「やあっ。そんな……やめてっ……」

秘められている部分が露《あら》わになり、リリーシャは恥ずかしくて声を上げてしまう。

思わず視線を落とすと、濡れて光る秘唇が目に入った。あまりにも淫靡《いんび》な光景に強い羞恥《しゅうち》を覚え、リリーシャは目を背《そむ》ける。

だが、そこで終わるはずはなかった。

ロイダーはリリーシャの片足を抱えて固定すると、もう片方の手で彼女の手を掴む。

その手を、淫《みだ》らに濡れ光る秘唇に導《みちび》いた。

「自分で触ってみるんだ」

「そんなこと……。やっ……！」

そんな恥ずかしいことは絶対にできない。そう思っていたのに、秘唇に指が触れた瞬間、堪《こら》え切れないくらいの快楽が全身を駆け巡る。

「だ、だめぇ……。んんっ……。ああぁっ！」

首を横に振ってその行為を否定しながらも、一度快楽を得てしまった指は止まらない。

ずっと焦らされていた身体は、その刺激を待ち望んでいた。

「やあっ……。やめて、指、入れないでぇ……」

くちゅくちゅと蜜を掻き回す音が、寝室に響き渡る。

「俺は何もしていない」

リリーシャの手が秘唇から離れないように固定しながら、ロイダーは優しく、そして
意地悪な笑みを浮かべた。

「動いているのは、リリーシャの指だ」

「いやああっ。言わないでぇ……」

浅い部分を掻き回す指は、どんどん速くなっていく。ロイダーはリリーシャの手を離し、
自《みずか》らも彼女の花芯に触れた。そこを摘《つ》まれ、転がされて、理性が吹き飛んでしまいそ
うな快楽がリリーシャを支配する。

「やっ。もう、もうだめ……」

またすぐにでも達してしまいそうだった。

けれど、ロイダーは不意に花芯への刺激を止めた。秘唇を自分で慰《なぐさ》めていたリリーシャの手を取って、それに口付ける。

彼の赤い舌が指についた蜜を舐め取るのを見て、リリーシャの身体の奥が疼《うず》いた。

彼女の身体を軽々と抱き上げたロイダーは、その身体をゆっくりと押し倒す。

そして秘唇の具合を確かめるように指を何度か往復させたかと思うと、やがて熱い楔《くさび》をそこに宛てがった。

「んくっ……。ああ……」

灼熱《しゃくねつ》の楔が、何度も達して敏感になった粘膜を擦《こす》り上げる。

（……熱い）

ただそうされているだけで、秘唇はびくびくと痙攣《けいれん》し、すぐにでも達してしまいそうだった。

「リリーシャ」

名前を呼ばれ、快楽のために流してしまった涙を唇で拭《ぬぐ》われる。

挿入する直前、いつもこうして優しくしてくれる。そんな彼がとても好きだった。

愛されていると、実感させてくれるから。

目を閉じて幸福感に浸《ひた》るリリーシャだったが、不意に熱い楔が秘唇を割って打ち込まれた。

「んっ……。あっ……い……」

痛みはない。ただ圧迫感が下半身を満たし、息が止まりそうになる。

そんなリリーシャを宥《なだ》めるように、身体中に口付けを落としながら、ロイダーはゆっくりと腰を進めた。

待ち望んでいた刺激に、熱く熟した襞《ひだ》が震える。ついに入ってきた楔《くさび》を逃すまいと、強く締め付けた。

リリーシャは、心が満たされているのを感じていた。

胸に触れる黒髪。

愛情を湛《たた》えた青い瞳。

そして膣内《ちつない》に息づく彼自身。

すべてが愛しくてたまらない。

リリーシャの銀色の髪を撫でながら、ゆっくりと刻まれる律動。じっくりと優しく突き上げられて、甘い痺《しび》れが腰から身体全体に広がっていく。

けれど、まだ物足りない。もっと強い刺激が欲しい。

「はあっ……。もっと、強くして……」

耐えきれなくなって懇願《こんがん》すると、それに答えるように腰の動きが速くなっていく。

「あぁっ。んっ……！」

襞を擦《こす》って激しく出入れする楔《くさび》に、体温が高められていく。

汗が銀色の髪を濡らし、月光に照らされて煌《きら》めいた。

リリーシャの淫靡《いんび》な姿に目を細めながら、ロイダーは彼女の感じる部分を執拗《しつよう》に突き上げる。

「あんっ。そこ……。だめぇ……」

「ここが好きなんだろう？」

駄目だと口にしながらも、より強い刺激を求めて腰が動く。何度も突き上げられ、リリーシャはロイダーにしがみついて固く目を閉じた。

ぐちゅぐちゅと擦れ合う粘膜。

腰から下がすべて溶けてしまいそうなほどの快楽。

次第に速くなる律動よりも、胸の鼓動はもっと速い。

「リリーシャ」

ロイダーは腰を打ちつけながら、愛する妃の頬に何度も口付けをする。リリーシャは身体と共に心も愛で満たされ、幸せな心地に浸《ひた》っていた。

限界を超えた身体が震え、秘唇は強烈に収縮を繰り返す。

「ああっ！」

リリーシャは達すると同時に、身体の奥に熱い迸《ほとばし》りを感じた。

敏感になった粘膜が、その刺激に震える。膣内《ちつない》に放たれた白濁《はくだく》を更に奥へ取り込み、実りをもたらそうとしていた。

火照《ほて》った身体に冷たいシーツが心地良い。

リリーシャはロイダーにしっかりと抱き付き、守るように包み込んでくれる腕の中でゆっくりと目を閉じた。

最初の子どもは、男の子がいい。

きっとロイダーに似た、優しくて強い王になる。

この幸せに到《いた》るまで、多くの出来事があった。つらいことも多かったけれど、それを乗り越えなければ、今の幸せには辿《たど》り着けなかっただろう。

「愛してる」

耳元で囁《ささや》かれた優しい言葉を聞きながら、リリーシャの意識はそのまま微睡《まどろ》みの中へと落ちていった。

◆◆◆

風に散らされた花弁が、空へ還《かえ》るように舞い上がる。

視界を染める薄紅色《うすべにいろ》の花吹雪に目を細め、リリーシャは乱れてしまった銀色の髪を押さえた。

吹き抜ける風は、いつしか夏の気配を含んでいた。

春が終わろうとしている。

寝室から庭園を眺めていたリリーシャは、ふと思いついて上着を羽織《はお》り、庭園に足を踏み入れた。

あの日、ロイダーの指示で植えられた苗木は立派に生長し、もうすっかり果樹園と呼べる状態になっている。春になったばかりの頃は綺麗な花をたくさん咲かせていたので、ここで家族揃って食事をして楽しんだのだった。

（……秋になったら、皆で収穫しようかしら？）

王宮内に果樹園を作った王など、サンシャン王国の長い歴史の中でもロイダーだけだろう。

リリーシャはくすくすと笑いながら、森のような庭園を歩く。散った花びらが降り積もり、まるで白い道みたいだった。

小さな鳴き声が聞こえてそちらに視線を向けると、木の上に灰色の子猫がいた。どうやら下りられなくなったらしく、悲しげに鳴いている。

「あら……」

母猫はどこかと思って探してみると、庭園に置かれたベンチの上で他の子猫と昼寝をしていた。

「はぐれてしまったのね」

毎日駆け回る子猫の世話で大変なのだろう。母猫はぐっすりと眠っていた。

リリーシャは子猫のもとにゆっくりと歩み寄る。

すると、その木の根元に銀色の髪をした幼い子どもがいるのが見えた。心配そうに、木を見上げている。

「あ、お母様」

サンシャン王国の長子アルントは、リリーシャの姿を見ると慌てて駆け寄ってきた。

「もう身体は大丈夫ですか？」

まだ幼いのに、利発で賢い子だ。

リリーシャは微笑みながら、愛する息子の手を握る。

「ええ、もう平気よ」

そのまま灰色の子猫も助けようと手を伸ばしたが、リリーシャでは届かない位置にいる。

「あら……」

困って首を傾げた時、ふと背後から伸びてきた腕が、子猫を抱き上げた。

「お父様！」

息子の嬉しそうな声に優しく微笑み、サンシャン王ロイダーは抱き上げた子猫を彼に渡す。そしてリリーシャを抱き締めた。

「寝ていなくてもいいのか？」

「はい。平気です。もう一ヶ月も経ちましたから」

リリーシャは心配性の親子に笑みを浮かべる。

先月、サンシャン王家には第二子となる王女が生まれた。ロイダーと同じ黒髪の、可愛らしい女の子だ。

（もし男子だったら、あの子はグライフ王国を継ぐことになったかもしれないわね）

ロイダーの腕の中で、リリーシャは昔の記憶に思いを馳《は》せる。

父を見舞い、グライフ王国を尋ねた時に提案された養子縁組。けれどもう、その必要はなくなるに違いない。

あれから五年の歳月が経過していた。

グライフ王国の王女ニーファは、半年前にある男性と結婚した。きっと近い将来、正当な跡継ぎが生まれるだろう。

新しい国王になる男性はニーファより十五歳も年上で、寡黙《かもく》で無骨だけれど誠実な人だった。グライフ国王である父も健在だが、年内には彼に国王の座を譲ろうとしているようだ。ニーファの夫は、きっと良い国王になるに違いない。

ベルファーは、ニーファの結婚式を見届けると姿を消したという。

そういう約束だったからと言って、ニーファは探そうとはしなかったけれど、とても寂しそうだった。

どうやらベルファーは別の大陸に行ったらしいと教えてくれたのは、ロイダーの密偵だ。もしかしたらその海の向こうに、リムノンがいるのかもしれない。

きっとリムノンも、今は穏やかな日々を送っている。リリーシャはそう信じていた。

「リリーシャ？」

ふと耳元で囁《ささや》かれ、我に返って顔を上げる。

すると、ロイダーが心配そうに覗き込んでいた。

「どうかしたのか？」

「少し、昔を思い出していました。あなたと生きてきた、道程を」

抱いていた灰色の子猫を、そっと母猫に寄り添わせる息子の姿を見ながら、リリーシャはロイダーを見上げる。

かつて彼が愛した、ステイル王国のアラーファ。彼女もこの春に夫と別れ、ずっと傍《そば》で彼女を守り続けてきた年下の騎士と再婚したばかりだった。

「私は、何て幸せなのかしら」

その言葉を聞いて、ロイダーは愛しそうに目を細める。優れた王として他国でも評判だった彼は、今は愛妻家《あいさいか》としても有名になっていた。

彼がリリーシャを抱き寄せて口付けると、侍女のクーディアが慌ててアルントをどこかへ連れて行く。

「俺も幸福だ。これからも、家族で幸せに暮らしていこう」

「……はい」

永遠に続く幸せなんて、この世には存在しないかもしれない。

けれどこうして抱き合うだけで、心は愛で満たされる。

その幸福な記憶はきっと、いつまでも残るだろう。

書き下ろし番外編

愛が実るとき

その日も朝から、細い糸のような雨が降っていた。

振り続ける雨が庭に植えられた樹木の葉に当たって、小さな音を立てている。リリーシャは寝台に横たわったまま、その音に耳を傾けていた。

静かに降り続ける霧雨《きりさめ》。

湿った空気が窓の近くにある寝台まで漂っている。灰色の空に視線を向けると、リリーシャは小さく溜息《ためいき》をついた。

まだ昼には早い時間帯だが、空を覆《おお》う暗雲のせいで薄暗い。

広いリリーシャの寝室には誰もいなかった。少し休みたいからと、クーディアにも退出してもらっている。

体調のすぐれない日が続いていた。

微熱が続き、食欲もほとんどなく、身体がだるい。

きっとこの体調不良は、振り続ける雨のせいだろう。

心配したロイダーにしっかりと休むように言われて、リリーシャは素直にその言葉に従っていた。

（まだ雨は、止みそうにないわね……）

昼近くになるとまた、ロイダーが仕事の合間を縫《ぬ》ってリリーシャの様子を見に来るだろう。これ以上心配させないようにと、リリーシャは重い身体をゆっくりと動かして寝台の上に起き上がる。

熱があるせいか、喉が渇いていた。

寝台の傍に置かれた水差しから水をコップに注ぎ、一口飲む。冷やしておいてくれたようで、その冷たさが喉に心地良い。

ひと息つくと、リリーシャは視線を窓の外に向けた。

この国に嫁いでいた時には、ここから見える庭園には美しい花が咲き乱れていた。

ロイダーの恋人だった、アラーファが好きだった花だ。

それが今では、色々な樹の苗木が植えられて、まるで果樹園のような風景になっている。若い木なのでまだ果実を実らせることはできないが、去年に比べると幹が太くなり、葉も生い茂っていた。数年後には、ここからの視界も育った樹木に遮《さえぎ》られてしまうかもしれない。

そうしたのはロイダーだった。

好きな花を聞かれ、儚《はかな》く散る花よりも実を結ぶ樹木を求めたリリーシャのために、大掛かりな改装を行《おこな》ったのだ。

（あれから一年になるのね……）

リリーシャは過ぎ去った日々に想いを馳《は》せる。

妹のニーファを見舞うため、祖国であるグライフ王国を非公式に訪れたあの日から、気が付けばもう一年が経過していた。

焼け落ちてしまったグライフ王宮の再建も順調で、もうすぐ完成するだろうとロイダーが伝えてくれた。

王宮が完成すれば、いまは離宮で静養している父も王都に戻るのだろう。心労が重なって体調を崩していたが、この一年でようやく元気になったようだ。

（よかった。お父様が元気になられて……）

だが妹のニーファはまだ、離宮に引きこもっている。

部屋からあまり出ず、一日のほとんどを一人で過ごしていると聞くとやはり心配になるが、あれからまだ一年なのだ。

心も身体も、まだ回復していないだろう。

妹の顔に残る痛々しい火傷《やけど》の痕《あと》を思い出して、リリーシャは無意識に唇を噛み締めた。

ニーファの策略のせいで色々とつらい思いもしたが、それもすべて過去のことだ。あれほど愛したリムノンに手酷《てひど》く振られ、顔に火傷を負った妹は、もう充分に報いを受けたと思っている。それにリリーシャも姉として、妹のことを想う気持ちは前とまったく変わらない。

今は少しでも早く、その傷が癒《い》えるように願っていた。

そして、もう一人。

（リムノン……）

雨の音を聞きながら、かつての恋人だった彼のことを想う。

ニーファの策略によって引き裂かれたあと、彼は絶望から復讐《ふくしゅう》を考えた。ニーファを深く傷つけてそれを果たしたリムノンは、本当はそのまま死ぬつもりだったのかもしれない。

だがそうせず、すべてが終わると彼は姿を消した。

でもどこかで生きていてくれると、信じている。

そして残されたリリーシャは嫁ぎ先のこのサンシャン王国で、幸せな日々を過ごしていた。ロイダーはとても優しく、いつも気遣ってくれる。リリーシャもそんな彼を今では深く愛していた。

それでもリムノンのことを思い出すと、言葉にできないくらいの切なさが胸に満ちる。リリーシャの幸せだけを願い、この国から去っていった彼には、もう二度と会うことはできないだろう。

幸せになってほしい。

それはリムノンが残した最後の願い。

すべてに絶望した中で、彼はただそれだけを願っていた。

託されたその願いを、何としても叶えなければならない。

リリーシャは目を閉じて、リムノンからの最後の手紙を思い出す。

(必ず、幸せに……)

いつのまにか組み合わせた両手を強く握り締めていた。

「……リリーシャ」

その時、ふと耳元で名前を呼ばれて顔を上げる。

心配そうな優しい声。

振り返るまでもなく、それが夫であるロイダーだとわかった。

執務から戻ったのか、彼は心配そうな顔をしてリリーシャを覗き込んでいた。

「大丈夫か？」

「ロイダー様」

差し伸べられた彼の手に、リリーシャは頬を寄せる。微熱のある身体に、ロイダーの冷たい手の感触が心地良い。

「まだ熱があるようだな」

彼はそんなリリーシャの頬を撫で、眉を顰《ひそ》める。心配させてしまって申し訳ないと思いながらも、こうして気遣ってもらえるのが嬉しい。

「大丈夫です。きっと、この雨のせいですから」

気怠《けだる》さは続いていたが、幼い頃からあまり丈夫ではないリリーシャは、この身体に慣れていた。だから心配させないようにそう言うと、ロイダーは窓の外に視線を向けた。

その先には、空を覆《おお》い隠している暗雲がある。

「この季節に降る雨は作物を豊作にしてくれるが、こうもお前の体調が優れないと、さすがに恨めしくなるな」

国王の顔をしている時ならば決して口にしないだろう言葉に、リリーシャも思わず頬を緩ませる。

「まぁ、そのようなことを。恵みの雨ならば、感謝しなければならないのに」

柔らかな笑みを浮かべて言うリリーシャに手を伸ばし、その艶《つや》やかな銀色の髪をそっと撫でたロイダーは、ふと表情を改める。

真剣な目をして、リリーシャを見つめた。

「だが、それだけではないな」

「え？」

彼の言葉の真意がわからずに、リリーシャは彼を見上げて首を傾げる。

「ロイダー様？」

「お前の体調不良は、雨のせいだけではない。無理はしていないか？　つらいことはないのか？」

優しくそう尋ねてくれる彼の声に、思わず涙ぐみそうになる。

(どうして涙なんか。私は、とても幸せなのに)

慌てて涙を拭《ぬぐ》おうとするリリーシャの手を押しとどめ、ロイダーは優しい手つきでリリーシャの頬に触れる。

「あれだけのことがあったのだ。心を休めなければならないのは、ニーファだけではない。お前もだ」

「でも私は……」

　こんなにロイダーに愛されて、つらいはずがない。そう言おうとしたリリーシャの言葉を遮《さえぎ》り、ロイダーは言葉を続けた。

「すぐにリムノンのことを忘れる必要はない。そして彼の願いを叶えたいという気持ちもわかるが、無理に幸せになろうとしなくともよい」

「無理などしておりません。私は本当に……」

　焦燥《しょうそう》に駆られてそう声を上げたリリーシャを、ロイダーは宥《なだ》めるように腕の中に閉じ込める。

「お前のことは、よくわかっている。生まれ育った王宮が焼け落ち、妹が火傷《やけど》を負った。さらに恋人だったリムノンも行方不明のままだ。こんな状態で、自分だけが幸せになろうと思えるような女ではない」

「……ロイダー様」

　彼の名を呼ぶ声が震えてしまう。

　誰もがリリーシャの幸せを祈ってくれていた。

　リムノンも、父も、そして妹のニーファも。

　そんな風に思ってもらえるのは、とてもありがたいことだ。だからその願いを叶えなければならない。

自分は幸せにならなければならないと、必死にそれだけを考えていたのだ。

それでも父の心労を思うと、心が痛んだ。

ニーファの絶望を想像すると、胸が張り裂けそうになった。

そして姿を消したリムノンのことを思うと、切なくて苦しくて、泣き出したくなっていたのだ。

リリーシャは優しく抱き寄せてくれたロイダーの腕に縋《すが》り、堪《こら》え切れずに泣き出してしまう。ロイダーはそんなリリーシャをずっと慰《なぐさ》めてくれた。優しく、泣きやむまでその背を撫でてくれた。

「……ごめんなさい。私」

泣きたいだけ泣いて、ようやく落ち着いたリリーシャは顔を上げた。目の周りがひりひりと痛む。

ロイダーは、リリーシャをじっと見つめている。

リリーシャがようやく泣くことができたことに、心から安堵しているような優しい目をしていた。そんな彼に伝えたくて、考えがまとまらないまま言葉を紡ぐ。

「でもあなたと一緒にいることができて、幸せなのは本当なの。ただ、私だけ幸せになってしまうことに、罪悪感を覚えてしまっていたのかも……」

それはロイダーを愛しているからこそ、生まれる感情。

それをどうしたらいいのかわからなくて、リリーシャはずっと自分でも意識しないま
ま、悩んでいたのだ。

「わかっている。俺も同じだ。お前を愛する気持ちと、自分だけが幸せになる後ろめたさを感じている。だから無理をする必要はない。ゆっくりと身体と心を休めて、それから二人で少しずつ進んでいこう」

どんなに時間が掛かっても、かまわない。

そう言うロイダーの腕の中で、リリーシャは頷いた。

時間の流れはどんな傷も癒《い》やしてくれるだろう。

いつかはニーファもリムノンも、穏やかに過ごせる時が来るようにと祈りながら、目を閉じる。

まだ雨は降っている。

でもその音はいつしか気にならなくなっていた。

それから二日後に、雨はようやく上がった。

晴れ渡った空はどこまでも青く、白い雲との対比がとても美しい。

これからサンシャン王国は、本格的な夏を迎える。

そうなればもう毎日のように暑くなってしまうのだと、不安そうに侍女のクーディアがそう言っていた。

この国よりも寒いグライフ王国で育ったリリーシャのことを心配してくれているのだ。去年はあまりの暑さに、グライフ王国の国境近くまで移動し、そこで秋まで過ごしていたことを思い出す。今年もそうしたほうがいいのではないかとクーディアは言ってくれた。

だがリリーシャは、できるならロイダーの傍で過ごしたいと思っている。

それに今はこのサンシャン王国が、リリーシャにとっても祖国だ。少しずつでも、この国の気候に慣れていきたい。

だが雨は上がってもまだ、リリーシャの体調不良は続いていた。

暑さのせいか、食欲はますますなくなっている。

そのせいで少し痩《や》せてしまったリリーシャをロイダーはとても心配して、身体を休めていれば大丈夫だと言う彼女の言葉を振り切り、すぐに医者を連れてきた。

リリーシャの身体を診察した医者は、にこにこと嬉しそうに微笑みながら、心配で付き添っていたロイダーに衝撃の事実を告げる。

リリーシャの体調不良は雨のせいでも病気のせいでもなく、新しい命が胎内に宿ったからだと、そう言ったのだ。

「……子ども」

ロイダーはそう呟《つぶや》いたきり、黙り込んでしまった。

ただの体調不良だと思い込んでいたリリーシャも驚き、言葉を失う。

いつかはそんな時が来ると思っていた。

でも、こんなに早いとは思わなかった。

(私とロイダー様の子どもが、本当に？)

自《みずか》らの腹部に手を当ててみても、まだわからない。

でもここに新しい命が宿っている。

そう思うと、身体の奥底から力が湧いてくるような、不思議な感情に満たされる。

「リリーシャは身体が弱い。それでも大丈夫なのか？」

ロイダーの声には隠し切れない動揺がある。

以前、リリーシャとの子どもならば何人でも欲しいとロイダーは言っていたが、彼が真っ先に考えたのはリリーシャの身体のことだった。心配するその姿に深い愛情を感じ、思わず笑みが浮かんだ。

「大丈夫です、ロイダー様。私は必ず、未来のサンシャン国王を守ってみせます」

根拠のない自信だったが、それでもリリーシャは顔を上げてそう言った。

愛するロイダーとの子どもを宿しているのだ。

つい先ほどまでは気怠《けだる》い身体さえ持て余していたのに、今では不安よりも、強い使命感のようなものを感じていた。

医者も慎重に経過を見守る必要があるが、それほど心配はしなくてもよいと言ってくれた。それを聞いてロイダーもようやく、子どもができた喜びを実感したようだ。リリーシャを抱き締め、いつもよりさらに優しい声で、身体を大切にするようにと言ってくれた。

それから王宮は急に慌ただしくなった。

リリーシャの部屋のすぐ近くに医者が待機することになり、一日に何回か様子を見に来る。侍女のクーディアも、朝早くから常に傍に付き従ってくれた。

そしてロイダーも、政務の間を縫《ぬ》って頻繁にリリーシャのもとを訪れる。

そんな中、リリーシャは身体のだるさの代わりに今度は眠気に悩まされるようになり、せっかくロイダーが付き添ってくれても、うとうととしてしまう時間が増えていた。

それを申し訳なく思うリリーシャに、ロイダーは気にするなと言ってくれた。無理をするよりも、眠っていてくれたほうが安心するようだ。

だからこの日もリリーシャは、ロイダーのその言葉に甘えてつい、眠ってしまっていた。ずっと朝から傍についていてくれたロイダーは、そんなリリーシャの銀色の髪を優しく撫でてくれている。

「……ロイダー様？」

ふと彼が、感慨深そうな目をして自分を見つめていることに気が付いて、リリーシャは声をかける。

「ああ、すまない。起こしてしまったな」

「いいえ、そんなことは。どうかされたのですか？」

ロイダーの手を借りて、ゆっくりと起き上がる。

彼はリリーシャの手を握ったまま、淡い笑みを浮かべた。

「……いや。ただこうなってようやく、俺はお前を手に入れたような気がした。それだけだ」

「ロイダー様」

その言葉に、リリーシャは過去を振り返る。

たしかにこの国に嫁いできたばかりの頃のリリーシャの心は、まだ祖国グライフ王国と、恋人だったリムノンを想っていた。だがロイダーと愛を誓った時からはずっと、彼のものだったのだ。

リリーシャはロイダーの手に、頬を押し当てる。

最初から順調だった関係ではない。

リリーシャにはリムノンがいた。

そしてロイダーも、引き裂かれた恋人のアラーファを想っていた。

誤解と憎しみ、そして悲しみから始まった関係。

だが今はロイダーのことを心から愛し、彼の子どもを身籠《みごも》ったことに喜びを感じている。

リリーシャは彼にそう伝え、最後にこう言って微笑んだ。

「私は今までもあなたの妻でした。そしてこれからもずっとそうです」

その言葉を噛み締めるように、ロイダーは深く頷く。

「……ああ、そうだな。リリーシャ。お前は俺の愛する妃であり、大切な家族だ」

どちらからともなく抱き合い、唇を重ねる。

軽く触れるだけの優しいものだったが、それでも互いの愛を深めてくれる。

もう一年も経過すれば、家族も増える。その頃にはあの庭園の樹木も、果実を実らせるかもしれない。

本当ならばリリーシャの体調が安定するまで伝えるべきではないかもしれないが、きっとグライフ国王の慰《なぐさ》めになるからと、ロイダーは使いを出した。

するとロイダーの予想通り、リリーシャの妊娠は暗い話題ばかり続いていたグライフ王国にとっては久しぶりの吉報となり、父をはじめとした多くの人達が、リリーシャに祝いの言葉を届けてくれた。

リリーシャはその手紙ひとつひとつに返事を書き、母になるのだという思いを日々強めていく。

そして、今日もまた父から、もう何度めなのかもわからない手紙が届く。

その手紙には、荷物が添えられていた。

「ああこれは……。あのお茶ね？」

軽く包装を解いただけで、その独特の香りから中身がわかってしまう。

手紙と一緒に父から届けられたのは、幼い頃よく飲まされたグライフ王国特有のお茶だった。子どもの頃は苦くてとても苦手だったが、身体を温めてくれる効果があり、身体の弱いリリーシャはそれをよく飲ませられたのだ。

「お父様ったら。私が苦手なことを知っているのに」

思わずそう言ったが、父が自分の身をとても案じて、これを送ってくれたのはよくわかる。母もリリーシャを妊娠していた時、このお茶を飲んでいたと聞いたことがあった。

「毎日飲まれたほうがよさそうですね」

クーディアにそう言われ、あの苦みを思い出して顔を顰《しか》めながらも、リリーシャは仕方なく頷く。

「……そうね。身体を丈夫にしなくてはならないもの」

妹のニーファからも祝いの手紙が届いた。

その長い手紙には、リリーシャを気遣う言葉が綴《つづ》られていた。

顔の火傷《やけど》のせいで、女として幸せになることを諦めているニーファ。彼女に妊娠したことを伝えるのは残酷かもしれないと思っていた。だが妹は素直にリリーシャの幸せを喜んでくれた。

ニーファにとってリムノンへの恋心は、彼女自身がそう言っていたように、もう自分でも止められない魔物のようなものになっていたのかもしれない。それを手放した今、苦しい思いもつらい思いもしただろうが、少しだけ楽になったと思う面もあったのだろう。

（ニーファ、ありがとう。あなたにもいつか必ず、幸せが訪れるように祈っているわ）

妹に返事を書いていた時、ロイダーが訪れた。

彼はリリーシャを見て微笑み、いつものように身体の心配をしてくれる。

「大丈夫か？　変わったことはないか？」

「はい、大丈夫です。ニーファから手紙が届いたので、返事を書いていたのです」

「……そうか。ニーファが」

ロイダーは頷き、後ろを振り返る。彼の視線の先には一人の侍女がいて、彼女は大きな花束を持っていた。

「これが届けられていた。どうやらグライフ王国の離宮から送られてきたようで、ニーファからのものだと思ったのだが」

「え？」

ニーファの手紙には、花のことなど書かれていなかった。驚いてその花束を見つめたリリーシャは、途端に涙ぐんだ。

「これは……。この花は……」

かつて好きだった花。

この花が咲いたら結婚しようと、二人で約束をしていた、あの花だ。

それをリリーシャから聞いたロイダーは、思案したあとに口を開く。

「ニーファの傍には今、ベルファーがいる。リムノンから、そうしてほしいと頼まれたのかもしれないな」

ベルファーだけが、リムノンの行方を知っている。リリーシャの妊娠も、吉報として彼に届けてくれたのだろう。

リリーシャはその花束を抱き締めながら、ロイダーの胸に寄りかかる。

「私が今、こんなに幸せだと……。彼に伝わったかしら」

この身体に新たな命が宿ってからは、あまり過去のことを思い出すことがなくなっていた。そのことに罪悪感を抱く時もある。

だが今は、無理などせずに幸せだと思えるようになっていた。

「ああ、間違いなく伝わったと思う。リムノンは心から、リリーシャの幸せを願っていた。きっと喜んでくれているだろう」

花束を抱き締めながら、リリーシャは頷いた。

それは叶わなかった約束の証《あかし》。

引き裂かれた愛の形見。

リムノンは復縁を望まず、彼のためにリリーシャができることは、自身が幸せになるという彼の願いを叶えることだけだった。

ありがとう、と小さく呟《つぶや》く。

その言葉がリムノンに届くことはない。だがきっと通じたと思う。

そんなリリーシャを、ロイダーは支えるように寄り添ってくれる。

「ロイダー様……」

背を優しく包んでくれる温もりに、心が落ち着いていく。

出逢った時は、こんな風に彼を信頼することができるなんて思わなかった。

けれど彼は、リリーシャの過去も傷もすべて受け止め、愛してくれている。そんなロイダーを、リリーシャも心から愛していた。

「私は幸せです。無理にではなく、心からそう思います」

彼を見上げてそう告げると、ロイダーは目を細める。

「俺も、リムノンとの約束を守らねばならない。生涯を通してお前を愛し、守ると誓った。だがその約束がなくとも、リリーシャを愛する気持ちは変わらない」

「ええ、私も。あなたを愛しています」

そう言ってくれたロイダーに笑みを返して、リリーシャは自《みずか》らの腹部に手を当てる。

花は散り、遠い日の約束は叶わずに消えた。

だが悲劇から芽生《めば》えた愛は決して散ることなく、ロイダーとの愛も今、その実を結んだ。

この愛は、これからも続いていく。

咲いて散る花のような儚《はかな》いものではなく、繋いでいく愛だ。


父とニーファ、色々と手を貸してくれたベルファー、そしてかつて愛したリムノンの幸せを祈りながら、リリーシャは目を閉じる。

燦々《さんさん》と輝く太陽は、この国の未来のように光り輝いていた。

NB ノーチェ文庫

雪をも溶かす蜜愛♥新婚生活

氷将レオンハルトと押し付けられた王女様

栢《かや》野《の》すばる　イラスト：瀧順子

価格：本体 640 円+税

マイペースで、ちょっと変人扱いされている王女のリーザ。そんな彼女は、国王の命でお嫁に行くことに!?　お相手は、氷の如く冷たい容貌の「氷将レオンハルト」。突然押し付けられた王女を前に、氷将も少し戸惑っている模様だったけれど、初夜では、甘くとろける快感を教えてくれて……

詳しくは公式サイトにてご確認ください

http://www.noche-books.com/

携帯サイトはこちらから！

本書は、2015年8月当社より単行本「氷愛」として刊行されたものに書き下ろしを加えて文庫化したものです。

ノーチェ文庫

漆黒《しっこく》の王《おう》は銀《ぎん》の乙女《おとめ》に囚《とら》われる

雪村《ゆきむら》亜輝《あき》

2017年9月5日初版発行

文庫編集－宮田可南子
編集長－塙綾子
発行者－梶本雄介
発行所－株式会社アルファポリス
〒150-6005 東京都渋谷区恵比寿4-20-3 恵比寿ｶﾞｰﾃﾞﾝﾌﾟﾚｲｽﾀﾜｰ5階
TEL 03-6277-1601（営業） 03-6277-1602（編集）
URL http://www.alphapolis.co.jp/
発売元－株式会社星雲社
〒112-0005 東京都文京区水道1-3-30
TEL 03-3868-3275
装丁・本文イラスト－大橋キッカ
装丁デザイン－ansyyqdesign
印刷－株式会社暁印刷

価格はカバーに表示されてあります。
落丁乱丁の場合はアルファポリスまでご連絡ください。
送料は小社負担でお取り替えします。

ISBN978-4-434-23564-1 C0193